D1206378

NARRATORI DELLA FENICE

Titolo originale:
Desencuentros

ISBN 88-7746-988-9

ᶜ 1997 by Luis Sepúlveda
By arrangement with Dr. Ray-Güde Mertin, Literarische Agentur.
Bad Homburg, Germany
ᶜ 1997 Ugo Guanda Editore S.p.A., Strada della Repubblica 56, Parma

Quinta ristampa settembre 1998

LUIS SEPÚLVEDA

INCONTRO D'AMORE IN UN PAESE IN GUERRA

Traduzione di Ilide Carmignani

UGO GUANDA EDITORE
IN PARMA

I
AMORI E DISAMORI

INCONTRO D'AMORE IN UN PAESE IN GUERRA

> «Sono un uomo perbene. Ho paura.»
> José Martí

Ero contento. Quella sera avevo un appuntamento. Qualcuno da toccare, da guardare, con cui parlare. Con cui dimenticare la morte, pane quotidiano.

La donna mi piaceva. Mi era piaciuta fin dalla prima volta che l'avevo vista in un caffè di Panama City. In quell'occasione accompagnava l'uomo corpulento che ci aveva dato le istruzioni necessarie e le parole d'ordine per passare in Costa Rica, e da lì proseguire fino al confine settentrionale dove ci saremmo uniti al grosso della brigata.

La donna non aveva preso parte alla conversazione. Anche al momento dei saluti era rimasta in silenzio. Una forte stretta di mano, nient'altro.

Pablo era con me quel giorno, e una volta che i contatti se ne furono andati ci facemmo diversi giri di cubalibre.

«Ti è piaciuta», mi disse.

«Certo. È normale, no? C'è sempre qualche donna che ci piace.»

«Occhio, fratello. È meglio che la dimentichi.»

«Non ho detto di esserne innamorato.»

«Meglio così. Non pensare più a lei.»

Pablo morì pochi giorni dopo aver varcato il confine e fui contento di non essere con lui quando accadde. Fu orribile, come tutte le morti. Venni a saperlo grazie a un comunicato di guerra, e in seguito dalla bocca di un compagno che mi raccontò i particolari.

La colonna di Pablo era riuscita ad avanzare per vari chi-

7

lometri da Peñas Blancas verso Rivas. Scendeva la sera quando scoprirono una capanna abbandonata e, dopo aver fatto un'ispezione, decisero di passarvi la notte. L'unico sopravvissuto, quello che mi raccontò la storia, era riuscito a salvarsi solo per un colpo di fortuna. Il comandante della colonna gli aveva ordinato di restare di sentinella fuori dalla capanna. Accadde tutto molto in fretta. All'interno trovarono un po' di legna, e fra i pezzi la *guardia* aveva piazzato una trappola acchiappa-babbei. Qualcuno della colonna decise di accendere un fuoco e, quando sollevò un legno, l'esplosione li uccise tutti.

Non pensavo a Pablo mentre mi dirigevo nel posto concordato. Pensavo alla donna.

Erano già molti mesi che non abbracciavo un corpo tiepido, un corpo morbido, qualcuno che mi facesse domande, qualcuno che rispondesse alle mie. Era passato troppo tempo senza dare né ricevere un po' di tenerezza. Il tempo giusto per trasformarsi in una bestia in mezzo alla guerra.

Eravamo a Rivas, ed era la terza volta che prendevamo la città in meno di due mesi. A quanto pareva adesso la *guardia* era abbastanza indebolita e saremmo rimasti lì per un breve periodo prima di proseguire alla volta di Belén, dove ci saremmo divisi per attaccare contemporaneamente Jinotepe e Granada.

Era stata lei a rivolgermi la parola mentre stavamo in fila per ricevere i rifornimenti.

«Tu e io ci conosciamo. Ricordi?»

«Certo che mi ricordo. Posso dirti quante gambe aveva il tavolo del caffè a Panama City.»

Lei aveva riso.

«A volte la memoria non è una buona compagnia. Bisogna saper dimenticare in fretta.»

Dopo aver preso le nostre provviste, eravamo andati a sederci nella piazza, all'ombra.

«Questa dev'essere una città molto bella quando non c'è la guerra. Una città in cui godersi il tramonto con la brezza del lago che ti accarezza la schiena.»

«È una bella città. Io sono del posto.»

«Hai famiglia qui?»

«Preferisco non parlarne.»

«Va bene. Se non ti va... Un'ultima domanda. Dov'è il compagno del nostro incontro a Panama?»

«Morto», aveva risposto lei.

L'uomo aveva ricevuto istruzioni di avanzare verso est, la sua colonna doveva chiudere la tenaglia che si stringeva su Bluefields. Le forze di Pastora attaccavano da San Juan del Norte e l'uomo, dopo sette anni di lotta su quelle montagne, conosceva molto bene la zona. C'erano state alcune scaramucce, poi avevano occupato Juigalpa e da lì avevano proseguito fino a Rama, dove la *guardia* aveva teso loro una trappola, obbligandoli a ripiegare in una zona paludosa. Dopo vari attacchi dell'aviazione somozista, era stato catturato assieme a pochi altri sopravvissuti. Prima di dar loro il colpo di grazia, li avevano sgozzati vivi tutti quanti.

«Mi dispiace», non le avevo saputo dire altro.

«Anche a me. Per quanto non stessimo più assieme», aveva concluso lei facendo lunghe pause.

«Sei sola?»

In silenzio mi aveva fatto capire di sì, e quando le avevo accarezzato il volto, aveva chiuso gli occhi.

Il sole picchiava forte quando arrivai al mio posto, ed era meglio così. Altrimenti quelle insopportabili zanzare mi avrebbero fatto impazzire.

Era una baracca costruita con lamiere, usata in precedenza dalla *guardia* per tenere i prigionieri in isolamento. Noi l'avevamo adibita allo stesso scopo e dentro doveva fare un caldo soffocante.

Avevo ordine di sorvegliare il prigioniero che avevamo processato al mattino. Di lui sapevo unicamente che era un «orecchio», un informatore della *guardia*, e che per colpa sua erano caduti molti dei nostri, e tanta gente che aveva la sola colpa di vivere a Rivas. Appoggiai il fucile contro la parete di lamiera e mi sedetti per terra, sulla ghiaia. Avevo sete e, stando bene attento che nessuno mi sorprendesse, estrassi da una tasca della camicia la bottiglia di rum.

L'alcool era proibito fra i combattenti, be', formalmente proibito, ma c'era sempre modo di procurarsi qualcosa da bere. Era buono il rum nicaraguegno. Forte e un po' dolciastro, con un sapore di canna da zucchero che indugiava a lungo sul palato. Mi piaceva il rum, ma non mi piaceva star lì. Ne restava poco nella bottiglia. Era una di quelle fiaschette che la gente delle città tranquille usa quando va all'ippodromo o quando viaggia. No. Non mi piaceva star lì, a sorvegliare il prigioniero e a divagare sulla fiaschetta.

Standomene seduto, pensai che in realtà avrei voluto trovarmi da Manolo, quel caffè all'inizio dell'Avenida Amazonas, a Quito.

Si stava bene là. Uno poteva accomodarsi a un tavolo sotto un ombrellone con la pubblicità delle sigarette Camel, davanti a un whisky con ghiaccio, e restarsene lunghe ore a leggere il giornale o semplicemente a guardar passare la gente. A volte si avvicinava un conoscente e dal marciapiede chiedeva:

«Be'? Che fai stasera?»

«Non lo so. Non ho programmi.»

«Fantastico. Allora vediamoci da Charpentier, o più tardi all'Orso Polare.»

«D'accordo. Facciamo così.»

Si mangiava bene da Charpentier, e l'Orso Polare era una bettola buia frequentata da cantanti e toreri in disgrazia. Era un buon posto prima di chiudere la serata con un *canelazo*, una bella dose di acquavite in un'infusione di cannella.

Accesi una sigaretta e l'uomo mi parlò.

«Me ne puoi dare una, fratello?»

Maledissi l'olfatto di quel tipo. Me ne restavano pochissime e chissà se una volta finite avrei trovato qualcosa da fumare. Ma non si può rifiutare una sigaretta. Anch'io conoscevo la prigionia e la voglia di fumare che ti viene. E per giunta, erano le sue ultime ore.

«Tieni.»

Gliene passai una accesa dalla fessura sotto la porta.

«Grazie, fratello.»

«Non mi chiamare fratello.»

«Siamo tutti fratelli. Anche Caino e Abele erano fratelli.»

«Sta' zitto.»

Il prigioniero non parlò più, e fu meglio così.

Pensavo alla donna. Avevamo mangiato assieme a mezzogiorno. Mi aveva portato in una casa in cui si entrava dal buco prodotto da una cannonata. Dentro c'erano due vecchie sdentate che guardandomi sorridevano con malizia.

«Non è di queste parti il compagno», aveva commentato una di loro.

«No. Di un po' più a sud», avevo spiegato.

Prepararono delle *tortillas* e misero i fagioli lessi in un piattino di terracotta. Poi ci lasciarono soli.

«Peccato che a parte l'acqua non ci sia nulla da bere.»

«Io ho sete», ribattei tirando fuori quanto restava del rum.

«Riesci a bere rum a tavola?»

«No. Ma nemmeno acqua. Mi riempie la pancia di parassiti.»

«Aspetta. Credo che ci sia ancora un po' di caffè.»

Mentre si chinava sui fornelli l'abbracciai alla vita.

Sentii la sua schiena contro il mio petto e la baciai sulla nuca.

«Attento. Possono tornare le vecchie.»

11

«Cosa importa? Si suppone che facciamo la rivoluzione per essere liberi. Tutta questa stronza guerra è per quello, no?»

«Non capisci.»

«Cosa cazzo dovrei capire?»

Allora mi aveva baciato e fatto promettere che sarei tornato la sera.

Il sole continuava a picchiare forte. A tratti pensavo al prigioniero che si cuoceva là dentro e subito stornavo i pensieri. Non erano affari miei e non mi piaceva star lì. Maledicevo quella guerra nella quale ero volontariamente coinvolto, quella dannata guerra che si prolungava sempre più di quanto avevamo pensato. Finii per parlargli.

«Vuoi fumare?»

«Se me ne offri una, fratello.»

«Ti ho già detto di non chiamarmi fratello.»

Accesi due sigarette e gliene passai una da sotto la porta.

«Grazie, fratello.»

Mi venne da ridere.

«Va bene, fratello. Tieni.» Infilai la bottiglia nella fessura tra la porta e il terreno. «Bevine un po', ma non tutto.»

«Grazie, fratello. Però io non bevo.»

«E si può sapere perché, fratello?»

«Perché sono evangelico, fratello.»

«Vaffanculo!»

La camicia mi si incollava al corpo e gli stivali mi martirizzavano come al solito. Cercavo di pensare ad altre cose, ad altri posti, per non sentire la tortura del sole. Pensavo, per esempio, a come sarebbe stato bello prendere una barca e remare sul lago verso le isole Solentiname, anche se era assurdo. La *guardia* pattugliava il lago giorno e notte, e dalle lance aveva una mira dannatamente buona. Spostai i miei pensieri in Costa Rica, nell'angolino di Europa che Esteban mi aveva mostrato un pomeriggio, a pochi chilometri da Moravia. L'angolino era un mezzo ettaro di bosco attraversato da un ruscello pieno di trote. Ogni volta che potevamo andavamo a pesca, e all'ombra di alberi frondosi ci rimpinzavamo di trote fritte e di vino cileno.

«Fratello...»

«Cosa vuoi?»

«Quando mi fucilano?»

«Non lo so. Non te lo hanno detto?»

«Non mi hanno detto nulla, fratello. Ma non importa. So che mi fucileranno molto presto, e me lo merito.»

«Cazzo. Se vuoi un confessore posso farti chiamare un prete.»

«No, fratello, grazie. Te l'ho detto, sono evangelico.»

Quel tipo doveva essere mezzo matto. Forse gli si era cotto il cervello. Non l'avevo mai visto, ma dal timbro della voce si capiva che era un uomo giovane.

«Sai perché mi tengono qui, fratello?»

«Perché sei un 'orecchio'.»

«È vero. Ma ho fatto tutto per amore.»

«Per amore? Per amore hai fatto la spia e hai mandato alla morte dozzine di persone? È abbastanza strano il tuo concetto dell'amore.»

«A volte l'amore si confonde con l'odio e non c'è nessuno che possa insegnarci la differenza. Non mi odiare, fratello.»

«Io non ti odio. E per tutti i diavoli non mi chiamare più fratello.»

La conversazione con il prigioniero mi mise di malumore, e per di più la bottiglia era ormai vuota. Il tramonto arrivò portando un po' di brezza dal lago, e a me il rimpiazzo.

«Novità?»

«Nessuna.»

«Se ti sbrighi, fai in tempo a mangiare un po' di maiale.»

Accidenti se mi sbrigai. Erano settimane che non assag-

13

giavo un boccone di carne. Stavo cenando quando un uomo col distintivo da comandante si venne a sedere accanto a me.

«È buono?»

«Passabile. Di sicuro all'Intercontinental si mangia meglio.»

«Di sicuro. Vediamo se riusciamo a provarlo quando arriviamo a Managua.»

«D'accordo.»

«Sei stato di guardia al prigioniero?»

«Già. Tutto il pomeriggio.»

«Ha detto qualcosa?»

«Neppure mezza parola.»

«È un figlio di puttana, te l'assicuro, fratello.»

«Certo, fratello.»

Finita la cena, tentai di trovare delle sigarette ed ebbi fortuna. Il chiosco della piazza era aperto e illuminato come se la guerra fosse molto lontana da lì, e non mi vendettero solo sigarette, ma anche una bottiglia di rum e una lattina di succo di mango. Una volta che mi fui rifornito, il mio umore migliorò e bevvi una birra gelata chiacchierando con due donne combattenti. Stranamente, la guerra scomparve in quella notte stellata e le donne parlarono del futuro con una disinvoltura che prima mi sorprese e poi finì col disgustarmi. Erano odiosamente ottimiste, e io mi sono sempre guardato da gente del genere. Avevo imparato da Pablo che, alla lunga, portano sfortuna.

L'oscurità mi fece decidere a incamminarmi verso la casa delle vecchie. Una di loro mi accolse con una risatina maliziosa.

«È tornato il nostro compagno del sud.»

«Sì. Sono tornato.»

«Entri, entri che la stanno aspettando.»

14

La vecchia sparì senza abbandonare la sua risatina. Dentro, la donna stava appendendo una zanzariera sull'amaca.

«Com'è andata oggi pomeriggio?» chiese.

In un mobile trovai due bicchieri e preparai del rum con succo di mango.

«Male. Sono stato di guardia al prigioniero.»

«Ah.»

«Lo conosci? Mi hanno detto che è anche lui di qui.»

«Preferisco non parlarne.»

«Hai ragione. Non parliamo di lui. Tieni. Si può dire che è un cocktail ecuadoriano. Ti piacciono i cocktail? Se arriviamo vivi a Managua, ti offrirò un martini dry e ti lascerò mangiare la mia oliva, te lo prometto.»

Quando le porsi il bicchiere, la cinsi alla vita e, mentre tentavo di baciarla, scoprii che piangeva.

«Mi vuoi dire cosa diavolo succede?»

«Nulla. Non succede nulla.»

«Nulla? Guarda. Mettiamo le cose in chiaro. Io voglio stare con te, capisci? Mi piaci e stanotte voglio stare con te. Né tu né io sappiamo cosa ci capiterà domani, ti rendi conto? L'unica persona che conosce il suo futuro in questa maledetta città è il prigioniero, lui sa che l'ammazzeranno prima che si alzi il sole. Sono stufo di questa dannata guerra e il mio unico desiderio è stare con te, ma bene, e possibilmente con un pizzico di allegria. Riesci a capire? Ora, se vuoi che me ne vada, basta che tu lo dica e amici come prima.»

Mi venne voglia di andarmene, ma la donna mi trattenne.

«D'accordo. Siediti qui, accanto a me. Anche tu mi piaci. Mi piaci fin dal giorno del nostro primo incontro, benché non ci siamo detti nulla. Anch'io sono stanca e non m'importa di cosa può succedermi domani. Anch'io voglio stare con te stanotte, ma prima devo parlare, devo parlare con qualcuno, scusami se ti uso, ma è come un conato di vomito, quello che ti dirò sarà come vomitare, perché a volte è necessario tirar fuori quanto ci marcisce dentro. Ascoltami senza interrompere. Ti ripeto che è un conato di vomito. Quell'uomo, il prigioniero, è mio marito. È ancora mio marito. Non lo amo, non l'ho mai amato. È un povero diavolo che non ha abbastanza cervello neppure per essere cattivo. L'ho piantato quattro anni fa. Sono entrata nella lotta e me ne sono andata con il compagno che hai conosciuto a Panama. Allora il prigioniero, mio marito, è impazzito e ha iniziato a denunciare chiunque gli sembrasse collaboratore del Fronte. Oggi l'ho rivisto per la prima volta dopo quattro anni, e sai cosa mi ha detto? Che ha fatto tutto per amore, il suo amore per me. Ti rendi conto? Capisci cosa provo?»

«Ha ripetuto la stessa cosa anche a me», riuscii a dire prima che risuonassero gli spari e la donna mi guardasse con gli occhi arrossati di una vedova.

VIENI, VOGLIO PARLARTI DI
PILAR SOLÓRZANO

Il volume mi aspettava in un angolo di una piccola libreria antiquaria, a Praga. Quella era l'ultima mattina che trascorrevo nella città in cui ero andato per partecipare a un omaggio a Jaroslav Seifert, e siccome l'opera di Seifert non si trova né negli studi né nei discorsi celebrativi, decisi di dedicare quelle ultime ore a vagabondare nei pressi di San Venceslao, senza meta, divagando sull'origine di quelle stradine strette che a volte sembrano create dai desideri del poeta.

Faceva un freddo che ti costringeva a camminare ripiegato su te stesso, con le mani in tasca, e a cercare un po' di calore nei minuscoli negozi di artigianato e antiquariato.

Il libro mi aspettava in una vetrina, e il suo primo segnale fu di saltarmi agli occhi nella mia stessa lingua. Non è frequente trovare volumi in spagnolo nei paesi dell'Est europeo, tantomeno nelle librerie di seconda mano.

Era un volume sottile, rilegato in tela scarlatta, con la copertina ornata da un rigo dorato, in parte sbiadito, che incorniciava due filigrane, anch'esse dorate, le quali concludevano le loro capricciose volute tracciando cardi e altri fiori che ricordavano i dipinti di Hieronymus Bosch. Nella parte inferiore della copertina, tra le filigrane, c'era un'ellissi orizzontale con la scritta: «Biblioteca scelta per la gioventù». Al centro, in una specie di pergamena dispiegata a metà, era impresso il titolo, *Storia della macchina a vapore*, e sotto dei caratteri massicci indicavano il nome della casa editrice: Fratelli Garnier, Parigi.

Credo di non essere un cinico, ma so che mi è toccato vivere in un'epoca che considera l'ingenuità una causa persa, e il caso viene presentato come un succedaneo della volontà. Tutto appare programmato in anticipo e lentamente perdiamo la capacità di lasciarci stupire, di ammettere che l'insolito è possibile. I miei progetti, quella mattina, contemplavano una passeggiata per Praga, in cerca dei versi di Seifert, poi sarei andato all'aeroporto, e la sera avrei cenato con alcuni amici a Barcellona. Ma il libro con la copertina scarlatta racchiudeva un richiamo e, ignorando il carattere dell'epoca, spinsi la porta della libreria.

Il delicato tintinnio di una serie di bastoncini metallici annunciò il mio ingresso. Il negozio era stretto e fiocamente illuminato. C'era odore di chiuso, di gatti che orinavano su secoli di erudizione e mistero, di carta, di polvere, di tempo depositato sugli scaffali. Da una porta sul fondo, forse dell'abitazione, comparve un anziano tutto infagottato.

Gli comunicai in tedesco il mio desiderio di esaminare il libro della vetrina, e quando glielo indicai, il vecchio sorrise prima di rivolgersi a me in uno spagnolo dall'accento dolce e stranamente familiare, un accento altrettanto o più antico dei suoi libri: era un ebreo sefardita e appariva felice di poter parlare la sua lingua.

«Ah. Il libro in spagnolo. Da quanti anni è nella vetrina!» disse consegnandomelo.

Il retro della copertina era protetto da un foglio di carta ocra e il frontespizio aveva lo stesso colore. Quando vidi la calligrafia disinvolta della dedica, tratti che evidentemente non avevano cercato l'effetto sorpresa, capii che non avrei dovuto spingermi oltre nella lettura per comprendere il silenzioso richiamo che quel libro mi aveva lanciato dalla sua prigionia.

Non posso spiegare con precisione cosa provai guardando quelle parole scritte con un inchiostro, forse azzurro, che ora si confondeva con il colore indefinito del foglio. O forse sì, ma solo in minima parte: provai compassione per un certo vecchio dalla barba rada, morto più di trent'anni prima, che avevo amato e a cui avevo tenuto compagnia in lontane sere cilene dal profondo silenzio.

L'affollarsi dei ricordi dovette modellare sul mio volto un'espressione preoccupante, perché il libraio mi prese per un braccio, mi accompagnò a una sedia e mi offrì un bicchierino di liquore.

«Pilar Solórzano è esistita», mi sentii mormorare.

«Non ti affliggere. Tutto è possibile nei libri», spiegò il vecchio.

Fui grato al libraio che capì il mio asfissiante bisogno di parlare e iniziai a farlo mentre rileggevo più volte la scritta: «Dedico questo libro a Genaro Blanco in omaggio ai suoi sogni e a tutto ciò che ci unisce. Pilar Solórzano, 15 agosto 1909».

Genaro Blanco. Don Genaro. Si chiamava così un vecchio andaluso pieno di sogni che un giorno fu adottato come parente dalla mia famiglia. Mia madre racconta che si trovava al quinto mese di gravidanza quando lui era apparso nel salotto di casa con una sgangherata valigia di cartone e un ombrello nero, sostenuto per un braccio da mio nonno.

«Questo è Genaro, mio compagno e fratello. Qualche settimana fa ha perso la sua compagna e crede di essere rimasto solo. Noi gli dimostreremo che, nella grande fratellanza degli uomini liberi, non si è mai soli. Sii il benvenuto, compagno. Dividi con noi il vino, il pane e l'affetto», pare che dicesse mio nonno, indicandogli il suo posto alla tavola della famiglia.

«Auguro a tutti voi salute e anarchia», raccontano che rispose don Genaro, di modo che, quando quattro mesi dopo venni al mondo, ebbi due nonni spagnoli e uno cileno.

Dal contenuto della sua valigia, pochissimi vestiti e molte carte che rileggeva pazientemente, i miei genitori scoprirono che, come mio nonno, era nemico di tutti i governi ʋ che aveva girato il mondo prima di finire, pittoresco ed estemporaneo anarchico, nella rigorosa legalità della società cilena.

So ben poco di lui perché morì quando avevo dodici anni e, di questi, gli ultimi li passò immerso in lunghi silenzi che la famiglia interpretò come normali momenti di tristezza di un avventuriero in pensione, o come attacchi di senilità niente affatto preoccupanti.

Tutto ciò che ricordo è frammentario, e la memoria mi riporta con certezza solo una frase che gli sentii dire spesso quando, dall'orlo del suo abisso di silenzio, mi invitava a sedermi accanto a lui. «Vieni, voglio parlarti di Pilar Solórzano», ma non aggiungeva mai altro.

Don Genaro visse fino a novantadue anni, e la sua rievocazione di Pilar Solórzano fu scambiata per il rimbambimento di un vecchio solitario, vedovo, che a volte confondeva i personaggi dei romanzi di Zamacois con quelli della vita reale. Dopo la morte di mio nonno, il suo gran compagno, don Genaro prese a sottrarsi alla tutela familiare per poi ricomparire ore dopo, scortato da due guardie. «Questo signore è venuto al palazzo della Moneda a insultare un certo Largo Caballero. Per favore, che non si ripeta, o ci vedremo costretti ad arrestarlo.» Don Genaro ascoltava a testa china i rimproveri della famiglia, beveva un sorso di anisetta e, invece delle attese scuse, tirava fuori il suo assioma morale: «Ogni potere corrompe». Poi, contravvenendo alle indicazioni del medico, si accendeva un sigaro da quattro soldi, trascinava la sua sedia impagliata fino al metro quadrato di erbe medicinali che coltivava e chiamava il suo «giardino», e da lì si rivolgeva a me formulando l'invito sempre incompiuto: «Vieni, voglio parlarti di Pilar Solórzano».

Quel nome si trasformò in un divertente ritornello, in un luogo comune senza importanza. Per esempio, se mio padre o uno dei miei zii si faceva bello prima di uscire, gli chiedevano: «Hai appuntamento con Pilar Solórzano?» Oppure, quando qualcuno era distratto, si beccava immediatamente un: «Su, smettila di pensare a Pilar Solórzano».

Don Genaro era stato un uomo felice? Dai miei genitori e dai miei zii ho saputo che era stato uno sfortunato inventore di macchine. Quando le aveva finite, o erano già state inventate o non trovavano applicazione. Per questo, agli inizi del secolo, aveva viaggiato per le Filippine e il Centroamerica, cercando posti dove le sue invenzioni fossero apprezzate. Qualche volta era tornato anche in Spagna. Lì aveva conosciuto quella che sarebbe diventata sua moglie, una catalana che ho visto solo in fotografie dove la coppia compariva assieme ad altri miliziani della C.N.T. Non avevano avuto figli e la conclusione della guerra civile li aveva fatti finire a Trompeloup, vicino a Bordeaux. Nel 1939 erano riusciti a imbarcarsi sul *Winnipeg* assieme ad altri duemila sconfitti, e l'ultima cosa che avevano visto dell'Europa era stata la sagoma di Neruda che li salutava dal molo...

«Non ti affliggere. È una storia bella e triste», disse il vecchio libraio.

«Non so cosa pensare. È tutta una coincidenza senza senso? C'è stato un altro Genaro Blanco felice al fianco di un'altra Pilar Solórzano? Guardi nella pagina successiva, il timbro di colore viola che dice: Libreria E. Goubaud & Co., Guatemala. Forse, all'epoca, il Genaro Blanco che io ho conosciuto era in Centroamerica. Com'è strana e confusa tutta questa storia.»

Il libraio mi guardò con aria comprensiva, come se tali incontri fossero perfettamente normali nel suo mondo di carta e di idee riordinate dal tempo. Prima di parlare si tolse gli occhiali e li pulì con la sciarpa.

«Portati via il libro. Ti stava aspettando.»

«Non le ho ancora chiesto il prezzo. Non so neppure se posso pagarlo.»

«Portati via il libro. C'è racchiuso un dubbio lontano che

21

aspetta di essere risolto. Se non te lo porti via, ti perseguiterà come un Golem. Ricorda che sono ebreo e so quello che dico. Il libro è tuo. Apparteneva a Genaro Blanco e tu sei stato la sua famiglia.»

«Va bene. Accetto, ma solo a una condizione: non so come, ma cercherò Pilar Solórzano. Se scopro che è tutto un equivoco, glielo restituisco.»

Allora il libraio mi lanciò un'occhiata colma di benevolenza, forse scusando la mia ignoranza riguardo all'inevitabile epilogo.

Durante il volo per Barcellona non mollai il libro. Cercavo qualcosa di più della nuda dedica.

L'autore si chiamava Elías Zerolo e il volume era stato pubblicato dalla Libreria Spagnola dei Fratelli Garnier, Rue des Saints-Pères 6, Parigi. Sfogliandolo trovai un paragrafo che avrebbe potuto benissimo essere stato pronunciato da don Genaro quando rispolverava le sue idee libertarie: «... e vedrà che solo nel lavoro liberamente scelto si trova la soddisfazione, e che solo attraverso di esso si conquista la stima dell'umanità».

Quando atterrai a Barcellona, avevo ideato un minuzioso piano investigativo che iniziava dal telefonare a mia madre in Cile. Appena giunto in albergo la chiamai e, senza alludere al ritrovamento del libro, le chiesi se per caso qualche volta don Genaro le aveva detto in quali paesi era stato agli inizi del secolo.

«Come faccio a ricordarmelo? Sai quanti anni sono passati dalla morte del vecchietto?»

«Per favore. Prova. È molto importante per me.»

«Le carte di don Genaro sono ancora qui in casa. Aveva vari passaporti, ma non so dove diavolo li abbiamo messi. Richiamami domani e nel frattempo li cercherò.»

«No, mamma. Devi farlo adesso.»

«Che calvario. Va bene. Chiamami fra un paio d'ore.»

Per fortuna mia madre scovò i documenti, e così riuscii a

sapere che, tra il 1907 e il 1909, don Genaro aveva vissuto a Oviedo. In mezzo alle carte trovò varie lettere di imprese minerarie nelle quali venivano rifiutate le sue invenzioni. E un passaporto che indica la sua partenza da Santander, e dalla Spagna, nel 1910.

Passai una lunga notte insonne e, quando riuscii a dormi re un po', feci un sogno che mi rese quasi felice. Vedevo don Genaro, mio nonno e il vecchio libraio di Praga. Beve vano liquore e chiacchieravano come se fossero vecchi ami ci. All'improvviso don Genaro mi chiamò: «Vieni, voglio parlarti di Pilar Solórzano», ma le prime luci dell'alba si portarono via di nuovo il suo segreto.

Al tramonto del giorno successivo il treno mi lasciò nella capitale delle Asturie. Cercai un albergo nelle vicinanze della Jirafa, chiesi che mi portassero in camera un elenco del telefono e annotai tutti i numeri dei Solórzano. Per for tuna ce n'erano solo una ventina e iniziai a chiamare.

«Scusi se disturbo, ma ho urgente bisogno di notizie su una signora di nome Pilar Solórzano che nel 1909 visitò il Guatemala. So che sembra strano, ma le ripeto, si tratta di una questione urgente.»

Le prime quindici telefonate non trovarono altra eco che la sorpresa o frasi evasive. Forse mi ero espresso male, forse avrei dovuto inventare che stavo cercando degli eredi, in somma, qualche scusa plausibile. Pieno di dubbi, composi il numero successivo, e una voce di donna mi fece sudare per l'emozione.

«Questa è la casa della signora Solórzano, ma lei non c'è. No. Si è trasferita in una residenza per anziani. Il problema è che è sola e non è più autonoma. No. Non si chiama Pilar. Aveva una sorella, sì, aspetti un momento. José, ti ricordi il nome della sorella della signora? Ne sei sicuro? Pronto? Sì. La sorella si chiamava Pilar. Sì, se vuol venire... Domani? È che durante il giorno non ci siamo. Se non le dà fastidio il disordine, può venire adesso. Stiamo ristrutturando la casa.

E sa come sono queste cose. L'abbiamo affittata solo da po
co e c'è ancora un mucchio di roba della signora Solórzano.
Va bene. La aspettiamo.»

Il palazzone grigio era molto vicino alla stazione, e mi accolse una simpatica coppia impegnata nei lavori di restauro.
Dopo esserci reciprocamente scusati, io per l'intrusione e
loro per i bidoni di vernice che si vedevano da tutte le parti, confessai che non sapevo bene cosa facevo lì, che ignoravo cosa stavo cercando, ma che per me era di vitale importanza trovare qualcosa, qualunque cosa, che mi avvicinasse
a Pilar Solórzano.

«Che ne dici, José? Non mi sembra uno svitato», disse la
donna.

«Perlomeno non ha l'aria pericolosa», dichiarò l'uomo.

Mi lasciarono solo in una stanza piena zeppa di quadri, libri, lampade, arazzi e album fotografici.

Non mi ci volle molto a trovare la prova dell'esistenza di
Pilar Solórzano. Le ordinate fotografie di una vita solitaria
mi mostrarono la lenta trasformazione di una donna che
non aveva mai smesso di essere bella, vistosa, man mano
che sfogliavo le pagine degli album, nell'incanutirsi della
chioma curata e nelle macchie che le invadevano mani e
volto.

Ne aprii uno datato 1908-1911. Varie cartoline color
seppia mostravano paesaggi tropicali, e in una foto riconobbi i tratti di don Genaro. Lui e Pilar erano assieme su una
specie di torre di vedetta, forse una fortezza spagnola costruita per difendersi dai pirati. Lei portava un vestito lungo, probabilmente di cotone, molto leggero, perché il vento
fermato nella fotografia lo spingeva da parte facendolo aderire a un corpo snello. L'uomo indossava un vestito forse
bianco, forse di lino, sulla testa sfoggiava un panama, e si
stringeva un libro contro il petto. Era lo stesso libro che in
quel momento, ottant'anni dopo, mi rigonfiava una tasca
della giacca.

Staccai la foto sapendo già cosa avrei trovato. Dietro c'era una data: 15 agosto 1909.

Ignoro quante ore rimasi in quella stanza a esaminare fotografie e lettere inviate dal Cile. In una di esse, datata 1949, don Genaro parlava della mia nascita con parole nelle quali riconobbi il tono che usava per spiegare le sue idee libertarie, o per chiamarmi fino all'orlo della sua offerta incompiuta. «Vieni, voglio parlarti di Pilar Solórzano.»

«Se potesse vederlo, Pilar. Un piccolo essere che arriva a popolare l'universo. Strilla di continuo, indifeso e capriccioso, ma è capace di risvegliare anche nei più rudi il senso paterno che fa di tutti gli uomini una grande famiglia. Se potesse vederlo, Pilar...» Non volli continuare a leggere. Non potevo. Provavo vergogna a spiare quella segreta, quella segretissima intimità.

Stavo salutando la coppia quando la donna ricordò l'esistenza di una scatola con documenti importanti che doveva portare alla signora Solórzano. In essa trovai il certificato di morte di Pilar. Era morta molti anni prima di don Genaro, e dalla data di nascita dedussi che aveva circa una quindicina di anni più di lui.

Stringendo il libro entrai in un bar, e il calore del cognac mi riempì di domande: don Genaro aveva conosciuto i misteri dell'amore guidato da quella donna? Lei lo aveva seguito in Centroamerica? Avevano cercato di essere felici vicino ai Caraibi? Quando si era intromessa fra loro la lontananza? Avevano scoperto all'improvviso che la trappola degli anni sarebbe scattata senza misericordia sui giuramenti d'amore, sulla febbre della felicità che annebbia così fugacemente la meschina ragione? Prima di separarsi, avevano pronunciato le parole-smorfie «non ti dimenticherò mai»? O era stata la guerra civile la causa della loro separazione? E dal libro avevano letto assieme, per esempio, «... di tutte le invenzioni di Blasco de Garay la più notevole è la macchina che fa andare le navi senza remi né vele, ma guidate dalla doma volontà dell'acqua...»?

Le pagine del volume mostravano tracce di umidità e chiazze ocra che minacciavano di invadere i testi. In don Genaro il ricordo di Pilar Solórzano non aveva macchie né ombre.

Voglio credere che quell'amore, come il libro, sia sopravvissuto alla notte dell'oblio, che al tramonto della sua vita Pilar Solórzano abbia chiamato sua sorella dicendole: «Vieni, voglio parlarti di Genaro Blanco», e che quando è ammutolita davanti all'abisso degli anni, il silenzio condiviso sia stato un immacolato linguaggio di amanti, più potente di tutte le assenze, di tutti i dolori, e che la forza di quell'amore sia rimasta intatta, alimentata dalla certezza del mio ineluttabile arrivo, previsto da un'enigmatica volontà che mi ha scelto come testimone di questo incontro mancato al di là del tempo

STORIA D'AMORE SENZA PAROLE

«Non ho bisogno di silenzio perché non ho più nessuno a cui pensare.»
Atahualpa Yupanqui

Conobbi Mabel per via della moda, anche se questo non deve far pensare che io sia un seguace molto assiduo degli stili in voga, è solo che a volte, si sa, diventa fastidioso ritrovarsi a nuotare contro corrente, e uno cede senza troppe storie all'idea di portare i pantaloni un po' più larghi o un po' più affusolati. Ma è di Mabel che voglio parlare e non della moda. Di Mabel, così lontana ora, nella strage di ricordi e di calendari abbandonati.

Era la minore di tre sorelle, tutte mute dalla nascita, che gestivano un piccolo negozio in un quartiere di Santiago. Avevano adibito a questo scopo una parte del salotto, anche se, per essere fedele ai ricordi, dovrei dire del *living*, perché i cileni hanno il *living*, come loro chiamano l'insieme di due poltrone, un divano e un tavolinetto basso, venga, entri, non rimanga lì fuori, andiamo a fare quattro chiacchiere nel *living*, istituzione quadrupede che concede un innegabile status alla casa.

Una pesante tenda cremisi separava il *living* dalla parte destinata ad assistere i clienti, e la prima volta che attraversai quel confine mi sembrò di varcare la soglia di un altro mondo, di un universo compresso nel tempo, di un ambiente quieto, popolato di palme nane, felci, lampade dotate di grandi paralumi di cretonne granata, tavolinetti rotondi e sedie che permettevano di tenere la schiena ben eretta. Ora che ci penso – perché il ricordo non esiste se non in rapporto ad altri ricordi, – si potrebbe dire che era un'atmosfera

27

proustiana smarrita in un quartiere proletario. Non voglio tessere le lodi di niente e di nessuno, ma oserei dire che era un'atmosfera proustiana priva di noia.

Mabel e le sue sorelle si guadagnavano la vita aggiustando cravatte e cappelli. Dietro un minimo compenso mettevano all'opera le loro tre portentose paia di mani e in un batter d'occhio la cravatta sgargiante di un macellaio si trasformava, perdeva la sua ampiezza da remo per diventare un nastro sottile che reclamava a gran voce un'etichetta italiana. Inoltre, omaggio della casa, insegnavano al macellaio grasso e sudato a farsi correttamente il nodo Principe di Galles e a cenni gli indicavano che quello triangolare non andava più, era ordinario, per non dire pacchiano, badi bene.

Altri arrivavano con un cappello a tesa larga stile Lucky Luciano e, dopo un paio di azzeccati colpi di forbice, loro gliene riconsegnavano uno tirolese che avrebbe tanto voluto mettersi il cancelliere austriaco. Intendersi con loro, e in particolare con Mabel, non era un problema.

Pur essendo vero che non potevano parlare, riuscivano però a sentire perfettamente. Si trattava soltanto di alzare un po' la voce, senza giungere al clamore del grido, e di articolare in modo adeguato le parole, visto che quanto non afferravano bene con le orecchie lo capivano con gli occhi, e rispondevano muovendo le labbra con delicatezza, aggiungendo enfasi con l'aiuto delle mani.

Quell'atmosfera silenziosa mi piacque fin dal primo momento, e non lo dico con ironia. Mi piacque e così iniziai a portar loro a una a una tutte le mie cravatte.

Le due sorelle maggiori avevano quei movimenti energici che caratterizzano i muti. Mabel invece era molto dolce. Muoveva le labbra e le mani con la delicatezza di un buon mimo, e il senso delle sue parole traspariva dallo splendore del suo sguardo. Aveva qualcosa che mi attraeva, ma non era amore, di questo sono più che certo. Non mi spingeva neppure qualche stato d'animo morboso. No. Era il sapere che Mabel apparteneva a quel mondo di realtà fisse, a quella stabilità sospesa nel tempo e così a portata di mano. Mabel era la magia di varcare la tenda cremisi, e una volta dall'altra parte sentire che la vita poteva racchiudere un qualche senso, come dire?, di salvezza. Proprio così. Dall'altra parte mi sentivo in salvo.

Quando finii la scorta di cravatte, iniziai a girare i negozi di abiti usati e a comprare le più larghe che mi offrivano.

Arrivai ad acquistarne alcune davvero orripilanti, cravatte con paesaggi campestri – mucca compresa –, con marine, con monumenti nazionali dedicati a illustri vincitori di battaglie perdute, con stelle sportive, con ritratti di cantanti passati di moda, in voga prima che io nascessi. E che dire dei venditori? Mi guardavano come un pazzo caduto dal cielo a cui potevano affibbiare tutte le schifezze che si riempivano di tarme nelle vetrine.

Mabel non tardò a scoprire il mio trucco.

Nessun uomo poteva avere tante cravatte, specialmente di quei modelli così esclusivi che io sottoponevo alle abili mani delle tre sorelle.

Una sera mi disse che non era necessario mi rovinassi comprando altre cravatte. Che se volevo farle visita, mi limitassi ad andare a trovarla. Ecco cosa mi disse, con la bocca, con gli occhi e con le mani.

La mia vita cambiò in maniera vistosa. Smisi di andare a giocare a biliardo, dove non me la cavavo affatto male: all'epoca ero uno dei più stimati del gruppo quando si trattava di vincere una dozzina di birre a qualche babbeo capitato lì per caso. Ogni sera uscivo dall'ufficio e, facendo un gran giro per non incontrare i miei amici, mi dirigevo al negozio delle mute. Prendevamo tè coi biscotti e ci intendevamo su molti temi suggeriti dai pettegolezzi dei vicini, finché non arrivava il momento di accendere la radio. Allora, in silenzio, ci godevamo il concerto di tanghi, le parole pie-

ne di pause e di sentimento di un'altra Mabel, Mabel Fer
nández, che trasmetteva «Una voce, una melodia e un ricor
do» sulle onde di Radio Nazionale, e dopo, assaporando
qualche discreto bicchierino di vino invecchiato, seguivamo
con attenzione le storie del «Terzo orecchio».

Le sorelle avevano una radio che Marconi non si sarebbe
neppure sognato. Era una grossa RCA Victor, con la figura
del cagnetto chino accanto al grammofono, al quale mastro
Pepe, l'elettricista del quartiere, aveva apportato alcune
modifiche che permettevano di collegarvi tre cuffie, di
quelle usate con le vecchie radio a galena.

I cavi delle cuffie non erano sufficientemente lunghi, di
modo che le sorelle dovevano avvicinare la testa alla radio,
adottando lo stesso atteggiamento attento del cagnolino, e
io mi divertivo a vedere come stringevano i pugni ogni vol
ta che il cattivo stava per riuscire nei suoi perversi propositi
e come si rilassavano quando l'eroe arrivava a tutta velocità
a salvare la piccola.

Storie di gangster nella Chicago del proibizionismo, del
West con Buffalo Bill come protagonista, le più svariate
versioni di *Romeo e Giulietta*, le prodezze di Hercule Poi
rot e di Miss Marple, le avventure di Sandokan, «la Tigre
della Malesia», per non parlare poi di quando arrivava la
Settimana Santa: Vita, Passione e Morte di Nostro Signore
Gesù Cristo e compagnia bella, tutto passava attraverso i
corpi delle tre sorelle.

In poco tempo diventai una specie di pensionante vesper
tino e, dopo un breve discorsetto, le sorelle accettarono che
io mettessi almeno il vino per accompagnare la cena e la do
menica portassi le *empanadas*.

Trascorrevano i mesi. Al momento dei saluti, dopo aver
ascoltato «Le storie del sinistro dottor Mortis», Mabel mi
accompagnava alla porta e rimanevamo lì qualche minuto a
guardar passare le poche auto. Io fumavo una Liberty e lei
prendeva il fresco. Fu durante uno di quei commiati che

disse di volermi parlare in privato e mi propose di vederci l'indomani a mezzogiorno davanti alla Merceria Tedesca, dove doveva andare ad acquistare certe cose.

Così facemmo. L'incontro aveva qualcosa di clandestino e la possibilità di essere visto da qualcuno dei miei amici mi colmava di imbarazzo. Immaginavo i commenti al biliardo, gli scherzi che avrei dovuto sopportare il giorno in cui fossi tornato alle stecche e, soprattutto, temevo la possibilità di finire alle mani con più di uno. La portai in un caffè fuori mano, ordinammo latte con vaniglia e poi le dissi che toccava a lei.

Avvicinò la sedia e con le sue labbra silenziose pronunciò parole che nella luce dei suoi occhi capivo in tutta chiarezza.

Mi stimava molto ed era contenta di avermi come amico, perché, siamo amici, no? Disse che lei si rendeva conto di essere brutta, sì, be', non così brutta come altre donne che giravano per strada, ma sapeva di essere magra, di non riuscire a camminare nel modo che piace agli uomini, e sapeva anche che io la guardavo non come una donna qualunque, ma come un'amica. Dopo aver esitato per qualche secondo aggiunse che io ero il primo amico della sua vita.

Le presi le mani fra le mie. Sentii che non m'importava più degli sguardi stupiti che continuavano a lanciarci i camerieri.

Era la prima volta che si trovava fuori casa in compagnia di una persona che non fosse una delle sue sorelle, e questa prima volta le piaceva. Fiducia. Ecco cosa provava accanto a me. Fiducia. Lo ripeté varie volte. E poiché sentiva questa fiducia, desiderava chiedermi qualcosa, e se io mi fossi rifiutato, grazie a questa stessa fiducia la nostra amicizia non ne avrebbe affatto risentito. Tutta la sua vita consisteva semplicemente nello stare in negozio, a casa, nel venire alla merceria, nell'andare ogni tanto a prendere un gelato e una volta al mese alla società elettrica per pagare il conto

31

della luce. Aveva trentacinque anni e in tutta la sua vita non aveva fatto altro che questo.

«Un momento. Ma allora, per esempio, non sei mai andata a scuola?»

No. Ai suoi genitori era sembrata una disgrazia sufficientemente grande l'avere tre figlie mute in casa e si erano rifiutati di esibirle nel vicinato; inoltre nella scuola pubblica sarebbero state oggetto di beffa – lo sai come sono crudeli i bambini –, e le scuole speciali erano assai remote sia fisicamente che economicamente.

«Non mi hai ancora detto cosa vuoi chiedermi.»

Che la portassi un po' a vedere il mondo. Non ogni giorno, questo era chiaro. Supponeva che io avessi altre amiche, una fidanzata, ero un ragazzo di bella presenza e rispettoso. Non ogni giorno, solo di tanto in tanto. Che la portassi, per esempio, al cinema, dove non era mai entrata, e scherzando aggiunse che forse un giorno mi sarei azzardato a invitarla a un ballo. Naturalmente non dovevo aver paura delle spese. Lei gestiva il suo denaro e, se per me andava bene, potevamo dividere il conto.

Rimasi di ghiaccio.

«Non sei mai stata al cinema, al circo, a teatro?»

Scosse la testa e rimase a guardarmi.

Le dissi di sì, certamente. Che invitarla al cinema era una cosa a cui pensavo da molto tempo e che per timidezza non avevo osato chiederglielo. Senza lasciarle le mani, dichiarai inoltre che non era vera quella storia che era brutta, e addirittura fui così maldestro da dirle che non dimostrava i suoi trentacinque anni.

Mi guardò con tenerezza, si chinò e mi baciò dolcemente sul viso.

Mabel e io. Nel giro di poco tempo ci trasformammo in divoratori di film in spagnolo. Avevamo a nostra disposizione i cinema Santiago ed Esmeralda. Non ce ne perdevamo nemmeno uno di quelli con Libertad Lamarque, Mercedes Simone, Hugo del Carril, Imperio Argentina, Lucho Córdoba e Sarita Montiel. I film messicani le sembravano troppo lacrimosi, eccetto quelli di Cantinflas naturalmente, e finito lo spettacolo prima ci rimpinzavamo di controfiletti con avocados nel Bahamondes e poi salivamo sul colle Santa Lucía, sgranocchiando un cartoccio di arachidi. Mabel non era mai stata un tipo triste, e con le nostre uscite divenne una persona allegra.

Mabel cambiava in particolari che non erano facili da notare a colpo d'occhio. Cambiava lasciando stupefatte le sue sorelle maggiori.

Un giorno volle a ogni costo che l'accompagnassi dal parrucchiere e abbandonò la sua pettinatura con la riga di lato per un'acconciatura alta, «alla Brenda Lee», come ci confessò la parrucchiera, e poi si scorciò di qualche centimetro i vestiti. Una sera comparve coprendosi la bocca con le mani e le tolse solo quando fu al mio fianco. Aveva il rossetto sulle labbra e negli occhi una luce che non le avevo mai visto prima.

Mabel cambiava, e i suoi cambiamenti non mancavano di piacermi. Forse per questo ebbi l'idea di invitarla a un ballo.

La Santiago degli anni Sessanta. Ogni sabato si poteva scegliere fra una ventina di feste organizzate da circoli o da scuole. Balli per raccogliere fondi per l'orfanotrofio. Balli per ottenere punti a favore di questa o quella candidata a reginetta di bellezza. Balli per le persone che avevano subito danni durante l'ultimo terremoto. Balli per aiutare il benemerito corpo dei pompieri. Balli per raccogliere fondi per il viaggio di studio all'estero – cioè a Mendoza – di questo o di quel corso di liceo. Balli.

Mi decisi per un locale che gli amici del mio vecchio gruppo non frequentavano mai. Il Centro Catalano. Un vecchio palazzone di calle Compañía caratterizzato dal rispetto delle buone usanze e del galateo richiesti a tutti i

partecipanti. Mabel era felice. Le sue sorelle, che non vede
vano troppo di buon occhio le nostre uscite, lavorarono co
me pazze per confezionarle l'abito. Rimasero chine una settimana sulla Singer, pedala e pedala, e alla fine Mabel, co
me dimenticarla?

Mabel vestita di tulle rosa, scarpe dello stesso colore e
una borsettina coi lustrini in mano.

Fra un ballo e l'altro bevevamo bicchierini di punch, evitavamo gli audaci che ci offrivano le loro bottiglie di pisco
portate dentro di contrabbando, e ci mettevamo d'accordo
su quale candidata a reginetta della festa avrebbe potuto
contare sul nostro appoggio. Non le davo respiro, neppure
un minuto di pausa, per non rischiare che si trovasse davanti qualche sfacciato deciso a chiederle un ballo. Non sono
mai stato un buon ballerino, e Mabel chiaramente era la
prima volta che lo faceva, ma l'orchestra suonava un mam-
bo e noi eravamo là, un pasodoble, andiamo, una cumbia,
su, un tango, e dai, si fa quel che si può. Verso mezzanotte
l'orchestra fece una pausa e fu rimpiazzata dai dischi, e noi
eravamo là, in mezzo alla pista con i Ramblers, i Panchos,
Neil Sedaka, Bert Kaempfert, Paul Mauriat, Adamo, abbracciati, cullati dolcemente dalla voce di castrato di Elvis
Presley che piangeva nella cappella. Mabel sudava sotto il
tulle e io sentivo che la brillantina mi colava giù nel collo.

«Sei molto bella, Mabel, davvero molto bella», riuscii a
dirle prima di sentire una mano che mi scuoteva la spalla.

Impallidii. Era Salgado, uno dei capoccia del biliardo.

«Ora capisco perché sei sparito, vecchio mio. Te ne stavi
zitto zitto, eh? Su, sii educato e presentami la tua fidanzata.»

Non seppi cosa rispondere e Salgado, il solito volpone,
mi tirò da parte e prese la mano di Mabel.

«Molto piacere. Guillermo Salgado, Memo per gli amici.
E lei, tesoro, come si chiama?»

Mabel mi guardava con gli occhi spalancati. Sorrideva.

«Cosa le prende, tesoro? Le hanno mangiato la lingua i topi o gliel'ha morsa questo ratto che sta con lei?»

Mabel smise di sorridere e io feci fatica a tirar fuori la voce.

«Non le prende nulla. Ora ti sei presentato, perciò vatte ne e lasciaci in pace.»

Salgado mi afferrò il braccio con energia. L'avevo insul tato in presenza della sua dama e non poteva chiuderla lì.

«Vecchio mio, che modi sono questi di trattare gli amici? Se la tua ragazza è muta, be', è un problema suo, non c'è motivo di arrabbiarsi.»

Gli spaccai il naso con un cazzotto e fu un grandissimo errore. Salgado era molto più forte e robusto di me. Ancora sorpreso, più che per il colpo, per il sangue che sgorgava abbondante e gli macchiava il vestito, si rialzò e in mezzo alle grida mi tirò un bel destro che non riuscii a schivare e che mi colpì in pieno in un occhio.

Ci cacciarono dal ballo badando bene, questo sì, che Mabel e io uscissimo per primi mentre si prendevano cura di Salgado per fermargli l'emorragia. Dall'occhio chiuso filtravano dolorose scintille di luce, e non vedevo molto neppure dall'altro, annebbiato da alcune lacrime di rabbia e di vergogna.

Una volta in strada, cercai di scusarmi, ma Mabel mi avvicinò un dito alle labbra facendomi segno di non parlare. Mi stringeva con forza il braccio, mi accarezzava la testa, e non so come fece, ma il fatto è che mentre aspettavamo un taxi entrò in un caffè e tornò con un sacchetto di cubetti di ghiaccio.

Nel taxi mi teneva la testa in grembo e la borsa di ghiaccio sull'occhio chiuso. Mi sentivo strano. Mi sentivo un cavaliere errante. Mi sentivo un membro della tavola rotonda di re Artù. Mi sentivo un vero uomo, insomma, e rimpiangevo di non aver denaro sufficiente da poter dire al tassista: «Lei vada avanti e non si fermi finché non glielo ordino io».

«Mi perdoni?»

«Sh!»

Il vestito di Mabel era sottile. Potevo sentire il calore del suo corpo. «Mi perdoni?»

«Sh!»

Il suo corpo era tiepido. Le sue mani mi accarezzavano i capelli. Sentivo sul viso i suoi seni sodi.

«Mi perdoni?»

«Sh!»

Alzai il braccio. Le passai la mano dietro il collo e le avvicinai la testa.

Prima Mabel rimase con la bocca sulla mia bocca, sorpresa, senza reagire, ma quando le frugai tra le labbra, sentendo la mia lingua fra i denti chiuse gli occhi, e cercammo gli angoli più nascosti delle nostre bocche. Ci baciammo a lungo, non so per quanto tempo. So soltanto che fummo interrotti dal tassista che tossiva con discrezione. Quando guardai la strada, il mondo mi parve vuoto e senza senso. La luce rossa di un semaforo ci aveva fatto fermare in un punto della città che non avevamo mai attraversato.

«Ci lasci qui. Quanto le devo?»

Camminammo abbracciati, senza farci neppure un cenno nel nostro codice intimo. Ci limitavamo a fermarci ogni tanto e a baciarci, a baciarci fino a sentire che il bisogno di respirare era superfluo.

Così, camminando, arrivammo in una piccola piazza deserta. Nascosti dall'ombra di un'acacia, l'abbracciai stretta e allungai una mano in basso. Le toccai le ginocchia, le gambe morbide, sottili e sode. Proseguii verso l'alto. Le sue cosce si stringevano, tremavano. Infilai le dita sotto l'elastico dello slip e le accarezzai le natiche dure come la pietra avvertendo sui polpastrelli il solletico prodotto dalla vellosità del pube e il calore umido che tradiva il sesso. All'improvviso la sentii piangere. Era buio e non poteva leggere il movimento delle mie labbra che le chiedevano se stava male.

Tentai di staccarmi da lei, ma Mabel mi abbracciò con energia e con grande decisione si portò la mia mano fra le gambe.

Accadde tutto molto in fretta. L'albergo, la luce all'altezza delle scarpe, la faccia invisibile dell'uomo alla *reception*, i piedi della cameriera che ci consegnò gli asciugamani, il letto grande, lo specchio sul muro, la musica assurda che ci arrivava da orifizi segreti, il telefono inutile sul comodino, le scatolette di fiammiferi con il marchio dell'hotel, il vestito di tulle che fluttuava sulla sedia, Mabel nella penombra, i suoi piccoli seni, il suo profumo di colonia inglese, il suo gemito soffocato dal cuscino, la mia sconfitta di seme e di sonno e, più tardi, l'occhio che mi faceva di nuovo male, tormentato dal pungente chiarore dell'alba, il risveglio in un letto estraneo, il cercare con le mani Mabel, che era scomparsa.

Quando affrontai lo specchio vidi che l'occhio era un'enorme macchia blu che mi copriva quasi un terzo della faccia. Per fortuna era presto e la domenica di solito non c'è molta gente per strada. Presi un taxi e tornai nel mio appartamento, fiducioso che con l'aiuto di un pezzo di carne il gonfiore sarebbe diminuito e così la sera sarei potuto uscire incontro al mio mondo nascosto dietro la tenda cremisi. Ma quel maledetto gonfiore non diminuiva, al contrario, l'occhio iniziò a secernere una sostanza lattea. Rimasi tutto il giorno a letto, al buio, e l'indomani mi detti malato in ufficio. Con l'aiuto di un amico medico, il quale mi diagnosticò una gastroenterite fulminante, ottenni tre giorni di permesso, che passai in mezzo a impacchi di acqua e senape, fumando e pensando a Mabel.

Il terzo giorno l'occhio era tornato normale e la sera, munito di occhiali da sole, mi avviai verso la casa delle mute.

Mi accolse la sorella maggiore e, come sempre, m'invitò a passare dietro la tenda. E Mabel? Mi offrì una tazza di tè, spiegandomi che ne avevano di buono, del Ratampuro, e biscotti. E Mabel? Mi rispose a gesti che non c'era, che era andata nel Sud a casa di alcuni parenti, che si era improvvisamente ammalata di bronchi e l'aria di campagna fa così bene in questi casi.

Fu una serata lunga. Le due sorelle attaccate alle cuffie. Il concerto di tanghi, il Reporter Esso, lo stupido cane della RCA Victor, chino senza guardarmi, la versione radiofonica dei *Delitti della Rue Morgue*. La minestra di frattaglie, la frittata di sedano col riso bianco, il latte alla portoghese, il vino invecchiato. E Mabel? No. Non abbiamo l'indirizzo. Sono dei lontani parenti. Solo Mabel è in contatto con loro. No. Non ha detto quando tornerà.

Il secondo, il terzo, il quarto giorno. Le stesse risposte accennate vagamente, ma in quale città è andata? Non lo sappiamo. Solo Mabel sa dove vivono. Non ha detto nulla? No. Non ha detto nulla riguardo alla data del ritorno. E se le succede qualcosa? Cosa può succederle? Non sapete almeno in quale provincia? No. Le abbiamo già detto che...

Smisi di frequentare la casa delle mute. Mi limitavo a passare davanti al negozio e a scrutare dentro, fra i clienti che entravano e uscivano con cravatte e cappelli, cercando la presenza di Mabel.

In seguito non arrivavo più neppure alla porta del negozio. Mi servivo di alcuni bambini che in cambio di qualche spicciolo mi tenevano informato. Nulla. Nemmeno l'ombra di Mabel. Nulla. Neppure una notizia.

Alla fine ci si adatta. Ci si rassegna a perdere il nirvana. Il peggior castigo non è arrendersi senza lottare. Il peggior castigo è arrendersi senza aver potuto lottare. È come gettare la spugna per assenza dell'avversario, e anche se al pugile alzano la mano tra gli sbadigli, la sensazione di sconfitta perdura fino a trasformarsi in rassegnazione.

Tornai al biliardo, alle stecche, a vincere una dozzina di birre al primo sprovveduto. Salgado mi aspettava e ripetemmo lo spettacolo del naso rotto e dell'occhio blu, due, tre volte, ma poi finimmo per stringerci la mano dichiarando che l'amicizia doveva essere così, combattuta.

Mabel.

Con il passare del tempo imparai a dimenticare le sue parole–occhi, la grandezza dei suoi aggettivi–labbra, la chiarezza delle sue mani–sostantivi. Con il passare del tempo passò il tempo sui miei passi, e pian piano mi colmai di cose dimenticate che pian piano mi dimenticarono. La città della quale ho parlato non esiste più, né le strade, né il negozio delle mute, né le cravatte larghe come remi, né le palme nane, né l'atmosfera proustiana senza decadenza. Tutto è scomparso. La musica, la sala da ballo, il cane chino accanto al grammofono. Tutto si è perso, l'ho perso. È sparito da tempo il gonfiore all'occhio, ma resta il livido nell'anima e manca qualcosa, Mabel, manca qualcosa, ecco perché uno va camminando nella vita come un insetto zoppo, come una lucertola senza coda o qualcosa del genere.

MODI DI VEDERE IL MARE

L'auto imboccò la curva a più di novanta, le ruote si lasciarono sfuggire un lamento di gomme e la donna s'aggrappò al sedile senza perdere la sua espressione di tedio.

«Che diavolo ti prende adesso?»

«Devo pisciare.»

«Non puoi farlo alla prossima stazione di servizio?»

«Mi piace pisciare all'aria aperta.»

Dopo aver abbandonato la strada statale, l'auto proseguì la marcia su un sentiero stretto e poco dopo scomparve tra gli alberi.

«Qui va bene», disse l'uomo.

Fermò il veicolo, spense il motore, aprì lo sportello e s'avviò in mezzo alle piante.

La donna lo guardò avanzare, fermarsi, portare le mani alla patta, allargare le gambe, e fra di esse vide cadere il fiotto di urina.

Era il primo atto coerente compiuto dall'uomo in molto tempo. Aveva manifestato il desiderio di orinare e l'aveva fatto. Era già qualcosa.

Erano in viaggio da due giorni. Sul sedile posteriore dell'auto giacevano vari oggetti: una carta della Spagna, un cavalletto, tre tele vergini, vari blocchi da disegno, una scatola di matite e un'altra di colori a olio e pennelli. C'era anche una bottiglia di cognac comprata durante una sosta lungo la strada.

Il veicolo era scomodo, troppo funzionale, anonimo come tutte le auto noleggiate, ma all'uomo non importava. In realtà, nulla sembrava importargli.

Tre settimane prima a Stoccolma era caduta la prima neve, e la donna l'aveva trovato nel suo *atelier*, gattoni, che puliva imprecando la stufa a carbone. Da tutte le parti c'erano mucchi di bicchieri e di tazze sporche, di bottiglie vuote e di tele senza cornice. L'aria viziata faceva venir voglia di spalancare le finestre.

«Non hai lavorato», aveva esordito la donna.

«Perché dovrei? Non mi piace quello che ho. A dire la verità, non ho nulla. Se espongo questa spazzatura, la mostra sarà un fallimento.»

«Il direttore della galleria è di un'altra opinione. Gli piacciono i tuoi quadri, per questo ha programmato la mostra e mancano meno di due mesi.»

«Ho bisogno di vedere il mare. Il mare. Che merda di stufa.»

«Allora affacciati alla finestra. Ce l'hai lì davanti.»

«Parlo del mare. Del mare vero. Il Baltico è un pozzo di putredine. È completamente morto. Questo non è il mare», aveva detto l'uomo alzandosi.

Lei gli aveva tolto di mano la paletta e lo scopino. Si era inginocchiata e in pochi secondi la stufa era pulita e dentro ardevano i primi carboni dell'inverno. Subito dopo si era rialzata e aveva aperto le finestre spiegando che l'aria avrebbe aiutato il tiraggio.

Fuori nevicava con dolcezza, cadevano fiocchi grandi come piume di cigno, e la donna si era detta che avrebbe dovuto andarsene, una volta per tutte, definitivamente, andarsene e lasciarlo per sempre. Sapeva che non lo amava più e che soltanto una traccia di affetto la obbligava a restargli accanto, punzecchiandola perché facesse il necessario.

Dopo la mostra sarebbe stato diverso. Pensava di scom-

parire senza spiegazioni né saluti. Aveva in mente da parec
chio tempo un'agognata solitudine a Oslo, davanti a un ca
minetto, al calduccio, bevendo vino rosé fra una pagina e
l'altra di tutti i libri che aveva intenzione di leggere. Dietro
la finestra il Baltico sembrava un fazzoletto ondeggiante, e
aveva subito capito che l'insulto a quel mare era rivolto a
lei.

L'uomo si era avvicinato. Le aveva accarezzato la testa e
aveva preso a baciarle il collo. La donna si era voltata e,
quando l'aveva avuto davanti, aveva sentito il suo alito feti
do, un misto di alcool e tabacco.

«Smettila. Non ne ho voglia», aveva mormorato.

L'uomo le aveva messo le mani sulle spalle e poi le aveva
abbassate percorrendole il corpo. Quando era arrivato alle
ginocchia, le aveva infilate sotto il vestito e poi risollevate
accarezzandole le cosce.

«Ho detto che non ne ho voglia», aveva ripetuto lei tur
bata, ma l'uomo l'aveva piegata all'indietro abbracciandola
alla vita. Le era caduto addosso, e sul pavimento, con gesti
animaleschi, le aveva tolto gli stivali, la calzamaglia e le mu
tandine.

«Lasciami andare!» aveva gridato la donna, e l'uomo si
era fatto da parte. In mano stringeva le mutandine bianche,
le aveva osservate con cura e se le era messe sulla faccia co
me una maschera.

«Voglio vedere il mare. Il mare», aveva detto, e si era al
lontanato per contemplare la sua maschera in uno specchio.

Erano atterrati a Madrid e avevano noleggiato l'auto in ae
roporto. Nei giorni precedenti al viaggio l'uomo aveva deci
so che sarebbero andati a Cadice facendo un giro nell'inter
no, costeggiando il Portogallo, e lei aveva pensato che forse
gli avrebbe fatto bene, che la vista di un mare di suo gradi
mento gli avrebbe restituito la voglia di lavorare.

A Salamanca, dopo cena, lei gli aveva fatto alcune do
mande su Cadice, ma l'unica cosa che era riuscita a sapere
era stata che Rafael Alberti era di lì. Poi l'uomo era spro
fondato in un abisso di silenzio, cercando affannosamente
qualcosa in fondo al suo bicchiere.

«E ora che ti prende?»

«Nulla. Domani proseguiamo verso nord.»

«Cadice è a sud.»

«Non ho intenzione di andare a Cadice.»

«E il mare? Non volevi vedere il mare?»

«Voglio vedere un mare mare. E poi ci sono certe cose
che non mi piacciono.»

«Quali? Dimmelo per favore. Finiscila di giocare con
me.»

«Non mi piace la cucina andalusa», aveva spiegato l'uo
mo e aveva chiesto un'altra bottiglia di vino.

Due ore dopo lei lo aspettava a letto e, contro le sue pre
visioni, l'uomo era apparso loquace.

«Domani vedrò il mare. È molto importante per me vedere il mare. Voglio le sue luci, il suo brillio, capisci? Voglio
mostrare cose nuove, non la solita spazzatura che dipingono
tutti.»

«I tuoi quadri sono buoni.»

«Questo è quanto pensano gli imbecilli scandinavi e tedeschi. Non hanno occhi. Guardano con il portafoglio. Tutto
ciò che ho dipinto non è che spazzatura, oggetti per decora-
re interni di idioti danarosi.»

«Ma è di questo che vivi, e anche abbastanza bene. Perché mi tormenti? Ho fatto tutto quello che ho potuto perché avessi la tua mostra, ed eri tu a volerla. Sognavi quella
galleria, la migliore di Stoccolma, e ora che ce l'hai sembra
tu dia la colpa a me.»

«Non essere stupida. Voglio mostrare cose nuove, tutto
qui. Ti dona la rabbia, sai? Un giorno ti farò un ritratto.»

«Perché non adesso?»

«Adesso? No. Ti farò il ritratto quando sarai vecchia, con le rughe, con tutta la vita sulla faccia, con solchi mobili, come il mare. E con i capelli bianchi Così come sei adesso non mi dai nulla, appena una bellezza perfetta.»

«Grazie, è il complimento più dolce che abbia mai sentito.»

Il giorno dopo avevano lasciato Salamanca di buon'ora. L'uomo aveva insistito per guidare evitando le statali, prendendo invece strette stradine tortuose, disperandosi quando vedeva che sboccavano su vie più importanti e accelerando, allora, come per sfuggire a qualche pericolo.

«*Macho* di merda. Merda di *macho*. Ti vedrò trionfare, perché trionferai. È la tua condanna. Poi non saprai più nulla di me e potrai startene solo col tuo istinto, l'unica cosa che possiedi.»

L'uomo si avvicinò riabbottonandosi la patta.

«Proseguiamo?» chiese la donna.

«No. Mi piace qui. Guarda le felci. Guarda che verde delicato. Guarda come si armonizza con il muschio, con le foglie marce. Dammi il blocco da disegno e i colori, qui c'è qualcosa di quello che ho sempre cercato.»

Gli consegnò i materiali e, sdraiata nell'auto, lo guardò allontanarsi di qualche metro, accucciarsi con il blocco sulle gambe, frugando nella scatola delle matite.

«Accidenti, sembra che gli sia passata la luna. L'animale artista nel suo elemento.»

I pensieri della donna non ebbero il tempo di prendere una direzione ottimistica, perché un paio di metri più in là l'uomo fece a pezzi il blocco da disegno e con un calcio lanciò la scatola di colori fra i cespugli.

«Merda. Sono venuto a vedere il mare e mi distraggo come un cretino dimenticando cosa sono venuto a fare.»

Si avvicinava l'imbrunire e una brezza fredda s'insinuava

tra il fogliame. Tutte le sfumature di verde si amalgamavano in un grigio uniforme, e da qualche parte arrivava il delizioso profumo della legna bruciata.

«Proseguiamo allora?» chiese la donna.

L'uomo bevve un sorso di cognac e mise in moto l'auto.

«Sai dove andiamo?»

«Al mare.»

«Sai perlomeno dove ci troviamo?»

«Nelle Asturie.»

Proseguirono il viaggio in silenzio. Solo quando l'oscurità divenne totale e non si riusciva più a vedere la strada, l'uomo accese i fanali.

A una curva, il fascio luminoso dei fari illuminò una costruzione di legno su pilastri. La luce aggressiva inondò centinaia di pannocchie i cui chicchi brillarono come pepite d'oro appena lucidate.

L'uomo schiacciò il freno e la donna si aggrappò al cruscotto.

«E ora che c'è? Vuoi ammazzarmi?»

«Guarda là. È impossibile ottenere una luce del genere, sai? È impossibile. È contro natura, oltraggiosa, bella.»

«Provaci.»

«A far cosa?»

«A dipingerlo. Un deposito di notte.»

«Non è un deposito. È un granaio.»

«Come fai a saperlo?»

«Laggiù ho conosciuto molti asturiani arrivati dopo la guerra civile.»

La donna voleva dire «Dipingilo, dipingi un granaio nella notte», ma l'uomo aveva pronunciato quel «laggiù» con lo stesso tono straziato che lasciava presagire le peggiori crisi, e quindi preferì tacere. Maledetto «laggiù» dei confronti sproporzionati. Maledetto «laggiù» delle sbronze e dei tanghi. Maledetto «laggiù», territorio dell'istinto.

Proseguirono su quella stradina stretta, fermandosi a volte per lasciar passare uno scoiattolo spaventato o un topo dagli occhi sporgenti, ferendo con i fasci di luce dei fanali l'intimità dei boschi, delle case dai muri spessi, di altri granai, accomunati sotto la volta che racchiudeva il grande silenzio notturno.

Quando entrarono a Villaviciosa trovarono le strade deserte. Il freddo aveva rinserrato le persone nelle loro case o nei bar tiepidi di voci. Non fu difficile trovare un albergo, e una volta sistemati, l'uomo decise che dovevano bere un aperitivo e sgranchirsi le gambe.

Camminarono. La solitudine delle strade, appena interrotta dal passaggio frettoloso di qualche donna o dalla corsa di un bambino, conferiva ai passi della coppia un'eco uniforme, perché la solitudine finisce per uguagliare tutto, come i funghi commestibili si uguagliano silenziosamente a quelli velenosi.

La donna camminava davanti. Con le mani nelle tasche della giacca a vento, cercava tracce che parlassero della vicinanza del mare, ma trovava solo indicazioni storiche e, sulle facciate di antiche case dalla bellezza irreale, rettangoli di pietra raccontavano l'età lapidea delle fondamenta.

Davanti alla piazza l'uomo la raggiunse.

«Entriamo a bere un sidro.»

«Con questo freddo?»

«Ti piacerà. Entriamo.»

Quando aprirono la porta a due battenti, alla donna parve di entrare in un locale allagato. Tre uomini con indosso stivali di gomma sguazzavano fra i clienti.

L'uomo ordinò una bottiglia e s'accomodò davanti al bancone. Allora la donna vide il coppiere intento nel suo rituale. Con una mano piazzò un bicchiere inclinato quasi all'altezza di metà coscia, e con l'altra sollevò la bottiglia sopra la testa. Il liquido uscì come un getto di miele, descrisse un arco perfetto e sbatté contro il bordo del bicchiere. Il rituale durò solo alcuni secondi e la donna capì la ragione degli stivali di gomma.

L'uomo bevve compiaciuto, con gli occhi chiusi, e quando nel bicchiere non rimase altro che un fondo, lo rovesciò sul pavimento bagnato con espressione assente. La donna si rese conto che ancora una volta lui non era lì, che quanto restava era a stento un residuo fisico, uno spazio occupato, e uscì dal bar senza dire nulla.

Quando fu in strada si rallegrò di non desiderare che l'uomo la fermasse. Camminò. Cenò in un ristorante vicino e subito dopo si diresse in albergo.

«Basta. Non mi odia neppure. Non sente nulla. Pover'uomo. Non è qui, né a Stoccolma, né nel suo laggiù. Come ho fatto a non capire che l'idea di vedere il mare, l'ossessione di vedere il mare, è soltanto una scusa per cercare le ombre che lo tormentano? E le cerca con disperazione, perché non ne ricorda più neppure le forme. Pover'uomo. Povero amore. Povero artista. Povero amore. Ma ormai non lo amo più. Questa sicurezza mi salva. Non posso amarlo. Nessuno può amare un malato senza ingannarsi. Nessuno può ignorare la parola compassione in eterno. E quando alla fine si impone, uno si vergogna di aver avvilito il vero amore. Pover'uomo. Rinuncio e non ti lascio nulla, neppure la solitudine che cerchi così affannosamente. Ricerca vana, perché brandelli di ricordi ti annebbiano la vista e non ti permettono di raggiungerla. Pover'uomo. Povero amore. Ti lascio e non te ne renderai conto. Sarò un'altra assenza e sei già così pieno di assenze che non percepirai la mia. E la cosa più triste è sentire che ti capisco. Io sono per te l'assenza delle donne che hai amato e di quelle che volevi amare. Io sono per te l'oggetto di una passione disperata. Pover'uomo. Povero amore. Sai cosa cerchi nel mare? La certezza minima che esiste un'altra riva dove le tue sconfitte continuano ad aspettarti. Le tue sconfitte, l'unica cosa che ami. L'unica cosa che hai. Pover'uomo. Povero amore. Ti abbandono. Domani torno a Stoccolma, sistemerò i tuoi conti, innaffierò le tue piante e lascerò la chiave

47

nella cassetta delle lettere. Poi andrò a Oslo e mi ubriacherò per giorni e giorni con la soddisfazione di un pianto liberatorio e del diritto alla speranza. Pover'uomo. Povero amore. Ti abbandono, eppure voglio ancora aiutarti.»

La donna si sorprese a fissare, senza vederlo, lo schermo acceso del televisore. Era quasi mezzanotte e, maledicendo la sua vocazione da samaritana, uscì a cercare l'uomo.

Aprì le porte del bar e lo trovò ancora coi gomiti appoggiati al bancone, davanti a una lunga fila di bottiglie vuote. Si avvicinò e lo cinse alle spalle.

«Ti piace?» chiese l'uomo.

Le indicò un foglio di carta attaccato allo specchio. Lei vi riconobbe il suo tratto. Era un disegno che mostrava il coppiere intento nel suo rituale, ma il getto di sidro, invece che nel bicchiere, cadeva per terra.

«Niente male. Molto simbolico.»

«Al diavolo i simboli. Guarda. Per questo voglio vedere il mare. Sono stufo delle interpretazioni. Sai perché il sidro cade per terra? Perché mi ha tremato la mano. Perché ho disegnato con una di quelle schifose penne a sfera. Non c'è altra ragione, non ci sono simboli, nulla di nulla.»

«Come preferisci. Vuoi mangiare qualcosa?»

«Accomodiamoci. Un'altra bottiglia per favore.»

Si accomodarono davanti a uno dei tavoli e l'uomo iniziò a disegnare col dito sulla superficie bagnata; aveva gli occhi smarriti e la voce suonava impastata.

«Andiamo. Hai già bevuto abbastanza.»

«Non berrò mai abbastanza. Troppo forse sì, ma mai abbastanza.»

«Scusa. La prossima volta mi esprimerò meglio. Andiamo?»

«Ho chiesto un'altra bottiglia. Tu, se vuoi, vattene.»

«D'accordo. Bevi quanto ti pare. Sono venuta a dirti che me ne vado. Avevo pensato di farlo domani, ma è meglio che lo faccia oggi stesso. Mi ascolti? Me ne vado. Torno a

Madrid e da lì a Stoccolma. Naturalmente mi porto via l'auto: scusami, ma l'ho noleggiata io e, come sai, sono una persona responsabile. È il mio problema. Non c'è bisogno che tu lo dica. Sei d'accordo? È quello che volevi? In albergo ti lascerò tutte le pesetas che ho cambiato, io non ne ho più bisogno. Mi ascolti? Capisci cosa dico?»

L'uomo rimaneva con la testa china sul tavolo, seguendo i movimenti del dito sulla sua superficie. All'improvviso chiuse il pugno e cancellò tutto quello che aveva disegnato.

La donna allungò un braccio e prendendolo per il mento l'obbligò a guardarla.

«Me ne vado. Non mi rivedrai mai più. È finita. Capisci?»

L'uomo le allontanò la mano, voleva dire qualcosa, ma in quel momento si avvicinò il coppiere.

Allora l'uomo si alzò in piedi, con movimenti goffi trascinò la sua sedia fino a piazzarla accanto a quella di lei e ordinò al coppiere di servire.

La bottiglia si alzò, si inclinò raggiungendo l'altezza giusta e il getto di sidro descrisse l'arco dorato cercando la bocca assetata del bicchiere.

«Lo vedi?» chiese l'uomo.

«Cosa vuoi che veda? Per Dio, cosa vuoi che veda?»

«Un altro, per favore.»

Il coppiere prese il bicchiere e si accinse a compiere di nuovo il suo rituale.

L'uomo mise un braccio sulle spalle della donna e, nell'istante in cui il getto volava, le indicò un punto invisibile sotto l'arco descritto dal sidro.

«Lo vedi? È lì, come nelle fiabe. Quando si varca l'arco d'ingresso al tempio dei sogni, lì, proprio lì, c'è il mare.»

CAFFÈ

Lei è sotto la doccia. L'acqua le cade sul corpo e vi indugia formando repentine stalattiti nell'abisso di quei seni che hai baciato per ore e ore. Metti il caffè nel filtro, calcoli la quantità d'acqua per quattro tazze e premi il bottone rosso.

Senti il suono dell'acqua che inizia a bollire elettricamente e goccia a goccia cade sul caffè, formando quella melma aromatica. Malta che unisce le pietre del selciato mattutino.

Lei appare col suo accappatoio annodato in maniera distratta. Puoi vederle le cosce splendenti, ancora umide. Prendi la caffettiera, la porti sul tavolo, prepari le tazze, vedi che i garofani resistono nella loro agonica altezza rosata. Non sono così assolutamente perituri come le rose di maggio.

Ora lei appare con un asciugamano annodato come un turbante, puoi vederle la nuca, il collo liscio e fresco che profuma di talco. Sotto il turbante, una minuscola ciocca di capelli sfugge alle intenzioni dell'asciugatura e aderisce alla pelle con una strana presenza bionda, pietrificata. Lei si siede, lo fai anche tu, e davanti a voi il solito silenzio prende il suo posto.

Servi il caffè lentamente, tendi verso di lei la mano con la tazza piena, riempi la tua, con lo sguardo le offri le cose che sono sul tavolo. Pane, burro, marmellata e altri alimenti che a quest'ora e in queste circostanze ti appaiono assolutamente insipidi. Vedi che lei non accetta, che si limita ad accendere una sigaretta e a versare qualche goccia di latte nella sua tazza di caffè.

Con il cucchiaio compi brevi movimenti circolari che pian piano formano spirali, finché non sei certo della totale dissoluzione dello zucchero che è sprofondato come polvere di specchi in un pozzo, silenziosamente, rispettando il carattere inviolabile di questa mattina-silenzio che inizia.

Alla fine è lei la prima ad assaggiare il caffè e lì per lì pensa che forse la tazza era sporca. Solleva gli occhi, ti guarda senza recriminazioni nello stesso istante in cui tu bevi il primo sorso e immagini che questo sapore per il momento inqualificabile sia dovuto alla sigaretta, ma è lei a dirlo:

«Questo caffè sa di fallimento».

Allora ti alzi in piedi, le strappi la tazza di mano, prendi la caffettiera e rovesci tutto il liquido nel lavandino.

Il caffè scompare in un gorgoglio caldo e non resta altro che un alone scuro attorno allo scarico. Apri un pacchetto nuovo, calcoli l'acqua per quattro tazze e rimani in piedi aspettando che, goccia a goccia, si formi di nuovo quella porzione di melma mattutina.

Lo servi. Lei assaggia. Ti guarda con tristezza. Non dice nulla. Bevi dalla tua tazza e la guardi. Ora sei tu a esclamare:

«È vero. Sa di fallimento».

Lei dice con indulgenza che può essere dovuto allo zucchero o al latte e tu gridi che non hai messo né latte né zucchero nel tuo caffè.

Accende un'altra sigaretta e spinge via la sua tazza in mezzo al tavolo, mentre tu tiri fuori tutti i pacchetti di caffè che conservi in dispensa e con la punta di un coltello li apri uno dopo l'altro, palpi freneticamente con le dita quella polvere fine, assaggi, sputi, imprechi, e ti rendi conto che tutto il caffè di casa ha lo stesso ineluttabile sapore di fallimento.

Lei non ne ha assaggiato neppure un po', ma lo sa.

Te lo dice in silenzio. Te lo dice con lo sguardo perso nei disegni poliedrici della tovaglia. Te lo dice con il fumo che soffia fuori dalle labbra.

Torni alla tua sedia con la sensazione di avere una specie di mattone in gola. Vuoi parlare. Vuoi dire che assieme avete bevuto molti caffè che sapevano di oblio, di disprezzo, di odio gentile e monotono. Vuoi dire che questa è la prima volta che il caffè ha un esasperante sapore di fallimento. Ma non riesci ad articolare neppure una parola.

Lei si alza dal tavolo. Va nella stanza accanto. Si veste lentamente e alle tue orecchie arriva il clic del suo braccialetto. Si avvicina alla porta, prende le chiavi, la borsa, il piccolo libro da leggere in viaggio, le viene in mente qualcosa prima di aprire la porta e torna indietro fino a dove sei tu per stamparti sulle labbra un bacio freddo che, per quanto ti sembri incredibile, ha lo stesso sapore di fallimento del caffè.

LASSÙ QUALCUNO ASPETTA DELLE GARDENIE

Sono davanti alla tua porta, vestito in modo impeccabile e con un mazzo di gardenie in mano.

Ho intenzione di suonare, di attendere qualche secondo per veder apparire la tua testa nella cornice della porta d'ingresso con un'espressione di cinica sorpresa, perché sappiamo entrambi che mi stai aspettando. Ho intenzione di entrare, buona sera, come stai, fare il primo passo, il tappeto bianco, la poltrona, un caffè, sigarette turche sul tavolo, lodi per il buon gusto nella scelta dei portacenere e delle abominevoli riproduzioni di Picasso.

C'è qualcosa di marziale nel gesto di cercare con l'indice il pulsante nero del campanello, di entrare in contatto con la superficie di bachelite, di premere con una certa sensualità per poi rendersi conto che non si sente alcun suono.

Il dito ripete l'operazione un po' più velocemente, stavolta preme con maggiore forza il campanello, lo tiene schiacciato per qualche secondo, ma non si ode nulla. Deduzione immediata: paranoia dei fili elettrici.

Allora indietreggio venti centimetri, mi aggiusto il nodo della cravatta, controllo la simmetria del mazzo di gardenie che iniziano già a dar mostra di instabilità all'interno del loro involucro, e piego le dita della mano destra con un movimento che comincia dalle prime falangi, finché la mano non adotta una volenterosa posizione a chiocciola.

Prendo la rincorsa, o meglio la mia mano indietreggia fino a restare paralizzata da una specie di muraglia d'aria che le impedisce un maggiore spostamento, e poi si appresta a colpire la superficie bianca della porta.

Quando la mano è a pochissimi millimetri, si blocca, e allora io penso a tutte le possibilità.

Può darsi che il rumore imprevisto, toc toc, ti causi un improvviso spavento. La terribile sensazione di pensare a un ospite inatteso, di intuire l'arrivo di un ricordo sepolto già da molto tempo, e la possibilità che tu lasci cadere il vaso di cristallo che sicuramente hai in mano aspettando l'arrivo delle gardenie promesse.

Può anche darsi che la mia mano acquisti una forza infinita e che al secondo toc sfondi la porta con il conseguente rumore di schegge di legno che cadono sul linoleum, o semplicemente che a causa di manchevolezze dell'impresa edile la porta crolli giù fra le recriminazioni dei tuoi vicini, che a quel punto uscirebbero nel corridoio, nei loro bei pigiami, e imprecando mi ricorderebbero che questa è un'ora di decoroso riposo.

In mezzo a tanti cavilli la mia mano trema, è scossa dall'incertezza, mi sembra di intuire nel polso una specie di rictus di spavento che in fondo è anche autocompassione, perché questo mi accade ogni volta che tento di suonare alla tua porta.

Così le gardenie invecchiano in pochi secondi nel loro involucro trasparente, e quando varco la soglia dell'edificio, quella bocca che mi risputa nell'umida solitudine della strada, e mi avvio con la testa sprofondata tra le spalle provando ancora una volta la vergogna della sconfitta, posso sentire chiaramente, lassù, il tuo pianto per le gardenie assenti.

II
EROI E CANAGLIE

UN'AUTO SI È FERMATA NEL CUORE
DELLA NOTTE

Un'auto si è fermata qua sotto. Posso vedere le luci che si riflettono sul tettuccio. Vedo anche i goccioloni dell'ultima pioggia che iniziano a scivolare giù imboccando i sentieri della discesa.

L'auto si è fermata qualche minuto fa, ma le portiere non si aprono. L'auto rimane immobile accanto al marciapiede, davanti all'entrata di questo edificio dove ancora abito.

Nessuno scende dall'auto. È arrivata, si è fermata, ha spento il motore ed è semplicemente rimasta immobile, quieta come la notte, ma nessuno è sceso.

Quando l'auto si è fermata, la prima cosa che ha fatto è stata spegnere le luci. Anch'io.

L'auto è nera, o così mi pare, vista dall'alto. Può darsi che non sia completamente nera, non lo so, c'è poca luce per strada, e non so nemmeno perché insisto a tenere in mano questo libro con la copertina gialla. Non ricordo l'autore, né la trama, non ricordo neppure di averlo letto, ma continua a restarmi fra le mani.

Per strada non c'è anima viva. Nessuno esce per portare a passeggio il cane o per comprare qualcosa, e io so benissimo che è normale a quest'ora, ma mi piacerebbe veder passare qualcuno, qualcuno con una borsa in mano, qualcuno che si fermasse per qualche secondo davanti al portone: così potrei vedergli la testa e la punta dei piedi, o la tesa del cappello e la punta dei piedi, cioè quello che vedo sempre da questa angolatura. Mi piacerebbe che si trattasse di una persona giovane. Che si fermasse e notasse anche l'auto. Ma non c'è nessuno. Non passa nessuno in questa strada e so che è perfettamente normale.

L'auto è lunga, o così mi pare, vista dall'alto. Sulla parte anteriore, sopra il motore suppongo, ha una piccola asta cromata, lunga e diritta, che si perde nell'ombra proiettata per terra. Ha anche due mezzi anelli metallici, brillanti, che si sono spenti non appena l'auto si è fermata. Sulla parte posteriore ha una riga un po' meno scura che segna i bordi del portabagaglio. Io l'ho guardata bene e dall'alto potrei riconoscere questa macchina ovunque, ma è sempre difficile vedere le auto da un quinto piano.

Sono in piedi accanto alla finestra e nell'appartamento di sopra c'è rumore. Io vorrei che ci fosse silenzio dappertutto, un silenzio come quello che osservo e che mi avvolge mentre me ne sto in piedi accanto alla finestra, sentendo sulla spalla la superficie fredda della parete.

Cerco di rimanere immobile, perché se non mi muovo, se non respiro, se non dico nulla, se addirittura non penso, se non cerco di lasciar andare questo libro con la copertina gialla che continua a restarmi in mano, allora è probabile che l'auto accenda i fari, avvii il ronron del motore e se ne vada. A quel punto potrò scendere, comprare le sigarette e andare a casa di Braulio. Mi basta soltanto che anche gli inquilini del piano di sopra capiscano questo bisogno di silenzio e di far andar via l'auto.

Quando la macchina si sarà allontanata, andrò a casa di Braulio e gli racconterò che un'auto si è fermata davanti al mio portone. Gli dirò anche che ho avuto molta paura e Braulio ribatterà che non importa, sappiamo entrambi che mi restano ormai pochissimi giorni qui in città.

Io so che Braulio mi lascerà vivere a casa sua per i quattro giorni che ancora mi restano da passare qui. La casa di Braulio è sicura. Un'auto non si fermerebbe mai davanti alla casa di Braulio.

Ma l'auto è ancora qua sotto e mi sembra che dentro stiano fumando. Dall'alto vedo che all'interno si accende fugacemente una piccola luce gialla. Luce di fiammifero o di accendino, non lo so, non saprei dirlo. È molto difficile notare i piccoli particolari da questa altezza.

Me ne sto qua, perfettamente immobile e silenzioso, accanto alla finestra, quando in camera scoppia un fulmine e io faccio un salto, guardo l'auto che è ancora ferma giù in basso con le luci spente, e tutto l'appartamento è invaso da rumori stridenti come di un gigantesco grillo e mi viene voglia di gridare che ho bisogno di silenzio, di silenzio e di tempo. Ma le coltellate del telefono mi trapassano la pelle, i muri, lacerano tutto, e in punta di piedi vado al comodino e rispondo. È Alicia.

Alicia non sa che c'è un'auto ferma giù accanto al portone. Alicia non sa che da varie ore me ne sto in piedi accanto alla finestra. Alicia non sa che il telefono mi ha fatto venire la pelle d'oca. Alicia non sa che sto tremando, che un sudore gelido mi scorre sulla schiena e forse per questo domanda cosa mi succede, perché parlo così piano, e quando le dico che mi dispiace, dovrà riattaccare, sono molto occupato, Alicia mi chiede se c'è qualcun altro con me nell'appartamento e io le dico di no, che sono semplicemente occupato, allora Alicia si rattrista all'altro capo della città e dice che di sicuro sono insieme a qualcuno nell'appartamento, con quel suo modo di alzare la voce senza alzarla, di modo che il suo grido sembra piuttosto un sussurro forte. Io le dico di no, che non è vero, è solo che aspetto una chiamata importante

Alicia comincia a singhiozzare e io mi incollo la cornetta all'orecchio perché ho bisogno di silenzio, di silenzio e di tempo, perché è un pezzo che un'auto si è fermata qua sotto.

Faccio fatica a convincere Alicià che la richiamerò più tardi, quando avrò ricevuto la telefonata che aspetto, e le dico che domani andremo sicuramente a teatro e compreremo il disco di Harry Belafonte che abbiamo sentito a casa di Braulio. Alicia mi domanda se l'amo e io rispondo di sì, che l'amo, perché è vero, anche se lei mi chiama a quest'ora, in questi momenti in cui l'unica cosa di cui ho bisogno è il silenzio, silenzio e tempo, e anche se non le ho ancora detto nulla del mio viaggio.

Quando Alicia riattacca, torno alla finestra. Sotto c'è sempre l'auto con le luci spente, e quando mi chino per accendere una sigaretta, sento aprire uno degli sportelli. Soffio sul fiammifero e mi incollo al muro quasi senza respirare, per poter udire meglio.

Sono appiccicato al muro come una mosca, tocco quasi gli scaffali dove, nella parte in basso, ci sono i dischi che fra le altre cose regalerò a Braulio perché so che mi lascerà stare a casa sua nei giorni che mi restano. So che domani Braulio mi aiuterà. So che parcheggeremo la sua auto proprio nel punto dove ora c'è questa, da cui sono scesi alcuni uomini, e ci porteremo via i dischi e i libri e i miei vestiti pesanti, perché ho bisogno di abiti invernali, laggiù fa di sicuro piuttosto freddo in questo periodo. Così me ne sto qui, appiccicato alla parete, e ora posso sentire gli uomini che stanno salendo le scale. Sento i passi, camminano lentamente, e riesco a capire quando raggiungono il pianerottolo, perché lì cambiano il ritmo.

Ora sono arrivati a questo piano e camminano nel corridoio. Certo guardano i numeri delle porte. Sì. Dev'essere così. Per questo si fermano un attimo ogni tre o quattro passi. Credo che facciano fatica a leggerli alla luce del corridoio che è così fioca. La lampadina è talmente piccola.

So che in questo momento sono arrivati davanti alla mia porta, so che stanno guardando il numero e uno di loro si china a leggere il mio nome scritto sulla placchetta di bronzo. Penso che forse continueranno a camminare fino in fondo al corridoio; può darsi che, vedendo tutto buio e silenzioso, credano che non ci sia nessuno, di aver ricevuto un indirizzo sbagliato, e magari scenderanno di nuovo le scale; forse hanno sentito lo squillo del telefono che ha fatto tremare la stanza quando ha chiamato Alicia.

Ora sono davanti alla mia porta, riesco a vedere un'ombra che si muove e tappa il raggio di luce che filtra dentro, sul pavimento. È un'ombra quasi immobile, un'ombra che può essere frutto del mio nervosismo, chissà, l'immaginazione che mi gioca dei brutti scherzi, non lo so, o meglio sì, so che mentre me ne sto qui in silenzio, in perfetto silenzio, appiccicato alla parete come una mosca, c'è qualcuno dietro la porta.

Tutto è invaso da un silenzio enorme e, dietro i vetri, vedo il vento fra gli alberi. È possibile che controllino il numero della mia porta, è possibile che chiamino il loro capo con una piccola ricetrasmittente, è possibile che parlino con la centrale chiedendo istruzioni, è possibile che dicano che è tutto al buio e in silenzio, è possibile che fumino una sigaretta e poi facciano dietrofront tornando sui loro passi, è possibile che, una volta arrivati all'auto, io li senta avviare il motore e allontanarsi. Allora aspetterò qualche minuto prima di scendere, comprerò le sigarette e andrò a casa di Braulio e gli dirò che un'auto si è fermata qui sotto, davanti al mio portone, e qualcuno è salito e io sono rimasto in silenzio tutto il tempo quasi senza muovermi e con le luci spente. Dirò a Braulio che sono riuscito a ingannarli, che ho avuto molta paura, ma che sono riuscito a ingannarli, e loro se ne sono andati. Si sta bene a casa di Braulio, e lui mi lascerà rimanere lì nei giorni che mi restano, anche se non sa che ho intenzione di dargli i dischi e i libri, ma ora sento una specie di suono metallico, sì, è un rumore di oggetti metallici che si sfiorano in fretta, e sento anche dei colpi alla porta.

Sono appiccicato alla parete mentre aumentano i colpi alla porta. Penso che se me ne sto così, immobile, perfettamente immobile e in silenzio, penseranno che non ci sono,

61

che l'appartamento è vuoto e se ne andranno, e li sentirò
scendere la scala che scricchiola sempre, ma continuano i
colpi alla porta e non so se sto zitto o se sto gridando che
non c'è nessuno, che non sono rientrato, che se ne vadano,
che ho bisogno di silenzio, di silenzio e di tempo, perché
già da un pezzo un'auto si è fermata di sotto e rimane là
con i fari spenti e per strada non c'è nessuno che possa vedere il suo colore nero e le piccole luci che si scorgono al
suo interno ogni volta che viene accesa una sigaretta, ma i
colpi alla porta continuano, si susseguono all'infinito, e posso sentire, ora sì, la mia voce strozzata dalla paura che grida
loro di andarsene, che non c'è nessuno, che non ci sono,
che non ci sono mai stato, e loro mi dicono di aprire immediatamente la porta, altrimenti inizieranno a sparare, e
mentre continuano i colpi alla porta, io salgo sulla poltrona
e da lì raggiungo il davanzale della finestra e apro e sento
entrare nella stanza il vento umido dell'inverno che fa un
rumore sordo sbattendo contro i mobili e posso vedere l'auto ancora là sotto, con i fari spenti, solo che stavolta ha due
portiere aperte, e scorgo sul motore un'asta cromata lunga e
diritta che corre a perdersi nell'ombra proiettata per terra e
vedo anche due mezzi anelli brillanti sotto la pioggia, e ogni
volta i colpi alla porta mi sembrano più lontani, molto lontani, mentre l'immagine dell'auto si avvicina sempre più in
fretta alle mie pupille e una donna grida in qualche posto
che non saprei precisare.

UN UOMO CHE VENDEVA DOLCIUMI NEL PARCO

«È così grande la vita. Un attimo fa mi sembrava che quanto ho fatto fosse previsto da diecimila anni, poi ho creduto che il mondo si aprisse in due parti, che tutto diventasse di un colore più puro, e noi uomini non eravamo infelici.»

Roberto Arlt, *Il giocattolo rabbioso*

Io non ho mai fatto nulla di male

So soltanto che devo alzarmi alle sei del mattino per avere il tempo di sistemare il canestro che resta sempre in disordine. Mi serve tempo per sapere quante caramelle di menta, di anice o di violetta dovrò comprare. Mi serve tempo per sapere quanti cioccolatini si sono rotti o sciolti nei pacchetti, e quanti soldatini di marzapane hanno perso il loro portamento guerriero e ora sono un inutile paio di gambe o una faccina sorridente con il fucile di legno, rotto anche quello.

Mi serve tempo per preparare i pacchettini di monete da dieci, venti, venticinque e cinquanta centesimi. Devo fare dei cilindri ben precisi con carta di giornale e poi devo scriverci su con inchiostro nero la quantità di denaro che contengono. Mi serve tempo per tutto questo, e anche per cucinarmi la farinata, spalmare di margarina la mia fetta di pane e uscire di corsa con il tavolinetto pieghevole e il canestro per non perdere l'autobus delle sette.

Io non ho mai fatto niente di male, ma devo stare molto attento con la gente. C'è sempre qualcuno che non mi conosce, che mi fissa i capelli troppo rapati, che mi guarda gli occhi perché, a sentir lui, sono molto grandi, anche se a me non lo sembrano poi così tanto, che osserva i vestiti che mi danno all'ospizio e che porto sempre puliti e stirati, e quel che è peggio, c'è sempre chi tenta di rubarmi qualcosa quando il canestro non si chiude bene perché l'ho riempito troppo di caramelle. Succede ogni lunedì e ogni giovedì, i giorni in cui vado al negozio e compro tutti i dolciumi che mi mancano.

Quando arrivo nella piazza ci sono soltanto le colombe, e pare mi conoscano così bene che il mio posto al mattino è l'unico a non sembrare coperto di neve, sepolto sotto le cacche degli uccelli. Io credo che le colombe mi siano grate per le briciole che raccolgo nella mia stanza e porto loro tutti i venerdì in un sacchetto di plastica. Io penso che le colombe lo sappiano e perciò rispettino il mio posto, contrariamente a quanto succede al posto del piccolo muto che lustra le scarpe. Lui le prende sempre a sassate e cerca di acchiappare le più giovani. Dice che, cucinate con molto aglio, fanno bene ai polmoni. Io credo che le colombe non amino il piccolo muto: il suo posto al mattino è sempre coperto di cacca bianca e lui si arrabbia molto.

Quando arrivo in piazza, prima di tutto mi faccio il segno della croce davanti all'immagine del Signore dei Miracoli, ma va detto, a lui non chiedo mai nulla. Non so, mi vergogno troppo a chiedergli qualcosa, ha sempre una faccia serissima e ai suoi piedi bruciano continuamente un sacco di ceri di quelli più costosi. No. A lui non chiedo nulla, mi faccio soltanto il segno della croce, e ho molta paura di vedere i suoi occhi terribili che riflettono le fiamme dei ceri e che sembra persino mandino scintille. Ho paura anche quando vedo il suo mantello di velluto viola, dello stesso colore di quello che sfoggia il vescovo nei giorni di processione, quando tutti i santi escono a passeggio e io devo stare molto più attento del solito, perché quel giorno ha occhi solo per i santi e l'anno scorso mi hanno rovesciato due volte il tavolinetto pieghevole, mi hanno calpestato i dolciumi e i cioccolatini, e sono rimasto vari giorni senza nulla da mangiare.

Quella a cui invece chiedo sempre che sia una buona giornata è la Madonnina della Pietà. La Madonnina è più piccola del Signore dei Miracoli e ogni giorno il suo faccino di gesso è bello sorridente, come se avesse dormito benissimo, e come se al mattino, prima che tutti noi arriviamo in piazza, qualcuno l'avesse lavato con acqua di violette. A lei chiedo che sia una buona giornata, che non piova, che non mi rubino nulla, che vengano molti scolari e mi comprino tutto quello che ho nel canestro. Le chiedo anche di non lasciarmi sbagliare quando qualcuno mi paga con una grossa banconota e devo dargli il resto. Quando mi succede, mi innervosisco molto, e quando sono nervoso, la faccia mi si copre di sudore, mi pizzica tutto il corpo e sento che dalla pancia inizia a salire un cattivo odore che può farmi scappare i clienti. Quando sono nervoso non riesco quasi più a parlare e allora sì che mi sento diventare gli occhi davvero grandi.

La Madonnina non ha quasi mai dei bei ceri accesi. Ha solo quella specie di candele che illuminano le case della gente che vive dall'altra parte del fiume e che chiamano lumini. Quelli sì ce li ha, quelli più economici, e a volte io gliene ho portato un pacchetto intero per ringraziarla perché mi ha concesso buone giornate, perché ho venduto quasi tutti i dolciumi e i cioccolatini, perché nessun soldatino di marzapane mi si è rotto nel canestro, perché sono venuti tanti bambini in piazza, perché non ha piovuto e perché non mi hanno rubato nulla.

Quando sono le sette e un quarto del mattino io sono lì che monto il tavolinetto pieghevole e metto in ordine i dolciumi e le caramelle secondo i sapori e i colori, i cioccolatini secondo i prezzi, sistemando però i più cari sempre vicino alle mie mani, e piazzando i soldatini di marzapane come in una sfilata, ben allineati, con il portabandiera sempre davanti.

Mi piace molto mettere in ordine i soldatini di marzapane. Ogni volta che lo faccio mi tornano in mente altri tempi in cui una donna mi portava per mano a vedere le sfilate e mi comprava gelati alla vaniglia. Altri tempi, in cui io cantavo rataplan rataplan quando passavano i tamburi e i tamburini a cavallo facendo tremare il suolo. Per questo, a volte, quando sistemo i soldatini di marzapane, mi metto anche a cantare rataplan rataplan, ma pianino, perché se qualcuno mi sente, mi vergogno molto e mi innervosisco, e ho già detto cosa mi succede se mi innervosisco.

Quando le campane in concerto suonano le sette e mezzo con quella musica che mi piace tanto perché fa ballare le colombe, io ho tutto pronto e aspetto che inizino a venire gli scolari.

Io non ho mai fatto nulla di male. Non faccio altro che alzarmi alle sei del mattino per riuscire a sbrigare tutto il mio lavoro. Io lo so benissimo, io sono sicuro di non aver mai fatto nulla di male e forse per questo mi sono innervosito tanto il giorno in cui sono venuti gli uomini dell'automobile, gli uomini con gli occhiali da sole, e mi hanno chiesto la licenza di vendita.

Io gli ho dato la mia licenza e loro sono scoppiati a ridere, io ho pensato che fossero nuovi ispettori del municipio, che avrebbero guardato la mia licenza e si sarebbero resi conto che era tutto in ordine, ma loro sono scoppiati a ridere e se la sono portata via.

Io so che gli uomini dell'automobile verranno di nuovo anche oggi come sono venuti altre volte.

Mi sto già innervosendo a tal punto che quasi non riesco più a parlare. Sono coperto di sudore, mi pizzica tutto il corpo, sento già che dalla pancia inizia a salirmi quell'odore cattivo, quell'odore schifoso di rospi marci che può farmi scappare i clienti. Loro verranno, si mangeranno uno o due cioccolatini dei più cari, senza pagarli, rideranno molto quando gli chiederò ancora una volta la mia licenza, e dovrò dargli l'elenco di tutte le targhe delle auto che questa settimana si sono fermate davanti alla libreria.

So anche che non mi restituiranno la mia licenza di vendita, per quanto abbia pregato molto la Madonnina della Pietà e abbia detto anche a loro che io non ho mai fatto nulla di male.

IL CAMPIONE

La porta del garage era aperta come un invito innocente, ma lui non osava attraversare la strada, fare i pochi passi necessari e varcare l'ampio portone di legno dell'entrata.

Pensava al Lupo di San Pablo. Lo immaginava con la sua faccia da ubriacone redento mentre raccoglieva le cose del campione per portarle alla famiglia, giù nel Sud.

La porta del garage era aperta, e visto che erano trascorsi vari giorni dal suo ritorno, quell'apparente normalità faceva aumentare la confusione che lo tormentava.

Decise di attendere. Non sapeva bene cosa, né per quanto tempo. «A volte l'attesa è più pericolosa dello scontro», si disse, ma alla fine si convinse che, in questo caso, era prudente, e così tirò di lungo camminando sul marciapiede opposto, senza neppure lanciare un'occhiata all'interno del garage.

Fu contento di rendersi conto che non zoppicava quasi più, anche se la ferita gli doleva ancora. Era stato un colpo fortunato. Un proiettile di carabina Garand che era entrato e uscito tranquillamente dalla coscia senza compromettere alcun nervo.

Andò fino all'angolo. Entrò nel caffè e chiese una gassosa mentre riordinava le idee.

La donna dietro il banco lo guardò stupita. Lo conosceva. L'aveva visto tante volte assieme al campione quando passavano camminando verso la fermata degli autobus. Capì di aver commesso un errore stupido, un errore da principiante, cosa che lui non era più. Il recente viaggio di ritorno, oltre alla pallottola nella coscia, gli conferiva il grado di veterano. Pagò la bibita e si portò via la bottiglia.

Dopo aver percorso un paio di isolati incontrò un piccolo parco appena annaffiato e si sedette su una panchina, in mezzo a ciuffi di iris. Fu subito circondato dai passeri. I più audaci gli beccavano la punta delle scarpe e cercò briciole nelle tasche della giacca senza trovarle; vide solo, attaccati alle unghie, dei resti di tabacco. Gli uccelli capirono che con lui stavano perdendo tempo e spiccarono il volo, perdendosi fra le chiome delle acacie.

Si sentì in salvo, come prima, e pensò al Lupo che puliva la cintura del campione come se nulla fosse successo.

La cintura del campione era pesante. Aveva una banda tricolore di materiale elastico, destinata a cingere la vita con eleganza, e una fibbia grande, di bronzo, che il Lupo di San Pablo s'incaricava di tenere sempre splendente e sulla quale, in rilievo, si poteva leggere: «VIII Giochi Olimpici Panamericani. Categoria welter», e la parola «CAMPIONE», scritta così, con maiuscole, sopra un paio di guantoni incrociati.

Il campione. Quando l'aveva conosciuto, non gli era piaciuto del tutto.

«Iván» gli aveva affidato il compito di mettersi in contatto con lui, di fiutarlo, di compiere i passi preliminari per determinare se era un uomo degno di fiducia. All'epoca si sapeva poco di lui: l'avevano espulso dal Partito Comunista accusandolo di essere un agente della CIA, un provocatore, insomma, le solite calunnie che si usavano all'epoca per screditare.

«È facile da riconoscere», aveva detto «Iván». «Ha i capelli crespi, è alto più o meno un metro e settanta e ha una macchiolina bianca nell'occhio sinistro. Un'altra cosa: è molto robusto.»

Si erano dati appuntamento da Parrilladas Roma, agli inizi della Gran Avenida, nel quartiere del Mattatoio. Il posto non gli era sembrato molto adatto a quel genere d'incontro, ma vi era andato ugualmente, e osservando con la coda dell'occhio le facce degli operai che divoravano carne alla griglia, l'aveva individuato a uno dei tavoli in fondo.

«'Gonzalo'?»

Lui aveva risposto indicando una sedia.

«Mi chiamo 'Pedro'. Non ti sembra più opportuno andare a chiacchierare da un'altra parte? C'è troppa gente qui.»

«Qui si sta bene e possiamo parlare di tutto. Ci mangiamo un po' di *chunchulitos*, di budella arrostite? Offro io, amico.»

Accettò sentendo che perdeva un punto prezioso. Era lui che doveva controllare la situazione.

Ordinarono e poi stabilirono una copertura.

«Di cosa si suppone che parliamo?» chiese «Gonzalo».

«Decidiamo assieme. Un argomento in cui ce la caviamo entrambi.»

«Te ne intendi di boxe?»

«Un po'. Non molto.»

«Bene, parliamone. Ti ho mai spiegato la differenza che c'è tra un peso mosca e un massimo leggero?»

Gli descrisse rapidamente la scala ascendente di tre chili e rotti che permette ai pugili di cambiare categoria, ciascuna con la sua denominazione.

I *chunchules* arrivarono fumanti sopra un piccolo barbecue e lo infastidì la familiarità del cameriere.

«Una bottiglia di vinello rosso, campione?»

«Tu che ne dici?»

«Sì, certo. I *chunchules* bisogna mandarli giù col vino. Qui ti conoscono, vero?»

«Gonzalo» rispose che erano nel suo quartiere, ma che lo conoscevano anche da molte altre parti.

«E questa storia del campione? Da dove salta fuori?»

Scoppiò in una risata prima di spiegare che era effettivamente un campione. Tre anni prima aveva vinto il titolo panamericano dei pesi welter, e fino a quel momento nessuno glielo aveva ancora strappato.

Mangiarono in silenzio. Cercava le parole per tirare in ballo gli argomenti che doveva esporgli, ma non le trovava né nei *chunchules* che sparivano uno dopo l'altro, né nell'espressione allegra di «Gonzalo».

«Buono il vinello, non ti pare?»

«Sì. È molto buono.»

«Il proprietario ha una piccola vigna vicino a Molina. Lo porta di là. Solo per i clienti della casa.»

«Senti, non sono venuto qui per discutere di vino. Sul serio. Dobbiamo andare da un'altra parte. Qui non posso parlare ed è importante.»

«Gonzalo» lo guardò attentamente mentre ripiegava il tovagliolo.

«Sta' tranquillo. 'Iván' sa che sono d'accordo. Voglio lottare. Questo è tutto. Non sono un intellettuale, non potrei aggiungere nulla a quello che devi dirmi. Sono d'accordo e sono deciso. Questo è l'importante. Non ci conosciamo e non riusciremo a farlo neppure parlando. È nell'arena che si vedono i galli. Capisci?»

Finirono di mangiare e il campione l'accompagnò alla fermata degli autobus. Nella stretta di mano dei saluti sentì che arrivava la fiducia.

Poche settimane dopo il gruppo non solo contava su un nuovo membro, ma anche sul garage per le riparazioni di sua proprietà, che venne ad arricchire l'infrastruttura: serviva da luogo di riunione, da magazzino per il materiale di studio, e la sera era destinato alle esercitazioni militari di cui avrebbero avuto bisogno in futuro.

«Gonzalo» viveva in una stanza contigua al capannone e accettava di buon grado che lo chiamassero con quel nome finto, copertura d'altra parte superflua, perché bastava affacciarsi nella sua abitazione per scoprire il suo vero nome stampato sui trofei in fila sopra un comò

A volte qualche cliente lo riconosceva e, dimenticando il guasto dell'auto, andava in fretta e furia a comprare delle birre, poi tornava, si sedeva sulle cassette dei ferri e gli chiedeva più volte di raccontare i tre round dell'incontro per il titolo. Lui lo accontentava e gli altri dissimulavano il loro nervosismo.

La situazione più critica si verificò una sera in cui stavano iniziando gli studi di cartografia e all'improvviso sentirono dei colpi al portone. «Alonso» si alzò, andò a guardare dallo spioncino in alto e per poco non cadde giù stecchito vedendo che fuori c'era la macchina di una pattuglia. Non ebbero altra scelta che aprire il portone e aspettare gli eventi.

Entrarono due guardie seguite da un sottufficiale che puzzava di vino.

«Scusate il disturbo, ma abbiamo forato una... campione! Perbacco! Non mi riconosci?»

Il sottufficiale si lanciò su «Gonzalo».

«Ma certo, signor sergente López.»

«Sergente maggiore López!» lo corresse l'uomo in uniforme, mostrando le spalline. Le due guardie che lo accompagnavano e il resto del gruppo rimasero in silenzio. «Gonzalo» si lasciava abbracciare e colpire in modo amichevole al ventre, poi finalmente ritrovò la voce.

«Ragazzi, vi presento il sergente maggiore López. Fu lui a scoprirmi quando mi ero appena messo i guantoni.»

«Ed eri un peso mosca», precisò l'uomo in uniforme. «Eri un peso mosca e fin da quando ti vidi la prima volta sul ring, pensai: questo ragazzino ha la stoffa del campione. Io ho l'occhio clinico. Tiravi bene, ma quella non era la tua categoria. Ricordi cosa ti dissi? 'Ragazzo, la boxe è come il matrimonio. Se uno non ha il peso giusto non può offrire un buon spettacolo'. E sapete cosa feci?» si rivolse ai suoi

71

tre accompagnatori. «Me lo portai ogni giorno a mangiare al commissariato. Ti ricordi, campione? Ricordi quei coglioni alla griglia che ti preparava Moyita, il cuoco? Ricordi il sangue? Ogni venerdì, mezzo litro di sangue puro, ancora caldo. Ti ricordi, campione? Io dicevo al macellaio: 'Questo agnellino me lo tratti bene, delicatamente, in modo che vada al patibolo tutto fiducioso e muoia tranquillo, senza panico, senza produrre adrenalina, perché, guardi, il sangue serve a irrobustire il corpo di un ragazzino che farà parlare di sé'. Che bastardata a quelle povere bestie, ma ne valeva la pena. Campione, dimmi, ero o no un buon manager?»

«Il migliore del mondo», assicurò «Gonzalo».

«Hai qua i trofei?»

«Iván» gli strizzò un occhio, indicandogli di andarli a prendere e lo accompagnò nell'abitazione.

«La cosa non è grave, ma se inizia a far domande scomode può diventare problematico. È tutto nelle tue mani, 'Gonzalo'».

«Sta' tranquillo. È un'ottima persona e io ho il controllo della situazione.»

Tornarono portando i trofei. Il sergente maggiore li contemplava con sguardo sognante mentre le due guardie arrivavano dalla macchina con una bottiglia di pisco.

«Guardate qua: 'Campione peso gallo. Campionato dei quartieri. Concepción'. E questa è un'altra coppa. Argento puro. 'Campione peso piuma', sempre a Concepción. E da lì, ragazzo, saltasti nel Nord per far vedere a quelli del Pampino come picchia un meridionale. Ecco qua la prova. 'Campione pesi leggeri', a Iquique.» Quando prese il cinturone con la grossa fibbia di bronzo, il sergente maggiore non riuscì a trattenere le lacrime. «E sei arrivato lontano, ragazzo. Merda! Sentite qua e mettetevi tutti in piedi, coglioni. 'Ottavi Giochi Olimpici Panamericani. Categoria welter. Campione'. Sei arrivato lontano, ragazzo. Puttana, come sei arrivato lontano!»

L'uomo in uniforme piangeva come una fontana abbracciando «Gonzalo» mentre gli altri bevevano pisco dalla bottiglia e si passavano i trofei di mano in mano. Erano vari mesi che si ritrovavano nel garage e non si erano mai interessati a quei simboli di gloria ottenuti nei tre minuti di un round, nella breve eternità della vittoria o della sconfitta. A quel punto arrivò la domanda inaspettata.

«E questi giovanotti, campione? Sono operai?»

«Gonzalo» sparò la risposta giusta.

«No, signor sergente maggiore. Anche questi ragazzi si infilano i guantoni e stiamo formando un club di boxe nel quartiere.»

Il militare si sentì nel suo elemento e chiamandoli «teste dure», ordinò loro di mettersi in guardia.

«Peso?»

«Sessantaquattro» disse «Alonso».

«Superleggero», singhiozzò il militare.

«Peso?»

«Ottanta. Massimi», rispose «Iván».

«Massimi leggeri», lo corresse il sergente maggiore.

«Peso?»

«Settantuno», rispose «Pedro».

«Ingrassa due chili, ragazzo. Hai una bell'aria da mediomassimo e mi piacciono le tue mani piccole.»

Tutti pensavano con sollievo all'assenza di «Paty». La immaginavano mentre dichiarava il suo peso e il sergente maggiore la definiva moscerino o qualche altra bestiolina leggera.

Dopo la visita dei poliziotti si abituarono alla facciata di «Gonzalo». Andava tutto liscio. Da un lato lui e «Alonso» si occupavano di far funzionare il garage, e dall'altro gli abitanti della zona li consideravano un gruppo di fanatici del ring che il campione stava allenando. Così ogni sera pulivano il garage e, con tre bidoni di olio più la macchina per smontare le ruote, formavano un ring di misura quasi regolamentare, nel quale continuavano le esercitazioni militari. Per completare la copertura, acquistarono qualche paio di guantoni usati e «Alonso» appese un enorme sacco di sabbia per indurire le mani. «Paty» si divertiva a vederli sudare e diceva che sembravano personaggi usciti da un racconto di Ring Lardner.

Passavano i mesi e dalla Bolivia arrivavano notizie sempre più incoraggianti. Il grido «Torneremo sulle montagne», lanciato dopo la morte del Che, trovava sempre più eco fra i contadini, fra i minatori e fra gli studenti. Così dicevano i comunicati. Ora sì che la Bolivia sarebbe diventata il cuore del continente. Lo assicurava l'organizzazione, che faceva anche riferimento a un contingente argentino e a un altro uruguayano, peruviano e colombiano, che si sarebbero uniti alla lotta sulle montagne e nelle selve della Bolivia. Si poteva addirittura contare sulla partecipazione di alcuni cubani, veterani della Sierra Maestra, decisi a proseguire sulla strada iniziata dal Che.

Loro formavano il distaccamento cileno e si preparavano in un garage camuffato al tramonto da palestra di boxe.

Il tempo passava e la data di partenza sembrava sempre più vicina. La radio forniva informazioni su attività guerrigliere nelle vicinanze di Santa Cruz e il governo boliviano mise una taglia sulla testa di «Inti» Peredo. «Lassù la cosa scotta», si diceva. «Lassù la cosa scotta», ripetevano i comunicati.

Così arrivò il momento in cui «Iván» annunciò che finalmente c'era un canale aperto con la guerriglia, e che l'organizzazione aveva dato ordine di iniziare i preparativi per il viaggio. La prima meta era Oruro. Lì avrebbero dovuto mettersi in contatto con gente delle miniere, che li avrebbe trasportati attraverso complicate vie clandestine fino ai fronti guerriglieri. Avevano una data entro la quale raggiungere Oruro, perché lo sviluppo della lotta avrebbe significato la militarizzazione dei confini.

Lassù la cosa scottava, e nessuno di loro riuscì a dormire quella notte.

Ricordò, guardando i ciuffi di iris dolcemente cullati dal vento, che quella sera si era fermato nello stesso parco a fumare una sigaretta e a reprimere l'euforia che lo travolgeva. Poi aveva camminato senza meta, congedandosi da Santiago, quella città che amava in segreto, senza mai osare confessarlo. Era estate. La notte dolce e tiepida avvolgeva i suoi passi in un silenzio felino, e lui si chiedeva quanto tempo sarebbe durata la lotta sulle montagne. E poi? Cosa sarebbe successo? Sarebbe stato tutto diverso. La guerriglia in Bolivia avrebbe trionfato e, a quel punto, gli abitanti del continente avrebbero ritrovato la vocazione alla vittoria. Che onore vivere in un'epoca simile. «Perché ora la storia dovrà tener conto dei poveri d'America.»

Le strade sembravano infinite. Ogni dettaglio gli appariva nuovo, sconosciuto e bello. Camminava osservando immagini che si succedevano come vertiginose riprese di un film in rodaggio. A quell'ora, i suoi compagni di facoltà dormivano, sognavano, facevano progetti per il fine settimana con le loro ragazze, per andare a ballare o a passeggio sulla spiaggia; lui, invece, era parte di un gruppo con piani diversi. Il Che, prima di cadere a Ñancahuaz, aveva scritto che il guerrigliero raggiunge la dimensione superiore dell'uomo. L'Uomo Nuovo. Ci sarebbe riuscito anche lui? Degli altri era sicuro. «Alonso», a quell'ora, doveva essere con sua madre, che aveva informato della sua futura assenza dicendo che se ne andava a studiare in Costa Rica. «Paty» si sarebbe incaricata di farle avere tutti i mesi una modesta somma fornita dall'organizzazione per affrontare le spese più immediate. «Paty», la compagna di «Iván», aveva accettato a malincuore il fatto di dover restare. Negli ultimi tempi li aveva visti più uniti che mai. Si amavano fin da quando si erano conosciuti mentre militavano nelle Juventudes Comunistas, durante la marcia della pace per il Vietnam, da Valparaíso a Santiago. Erano stati espulsi assieme dal partito, accusati di estremismo, e assieme erano entrati nell'organizzazione. «Iván» era a capo del gruppo. Era l'unico che aveva esperienze militari e, allo stesso tempo, maggiori capacità politiche. E poi «Gonzalo». Era stato minatore, pescatore, operaio edile, meccanico di auto e, frattanto, campione di boxe. «Iván» ripeteva che «Gonzalo» possedeva disciplina e carisma. Sapeva essere giusto e rigoroso allo stesso tempo. Tutti sentivano che «Gonzalo» era il migliore.

Un giorno o l'altro gli avrebbe raccontato tutto ciò che stava pensando nelle strade addormentate di Santiago.

Santiago. I tedeschi della brigata Thälmann si erano congedati così da Amburgo, da Berlino o da Lipsia prima di andarsene in Spagna?

Santiago. Gli yankee della Brigata Lincoln avevano vagato per Chicago, New York o Cincinnati prima di partire per il fronte dell'Ebro?

Santiago. Anche il Che si era congedato da Buenos Aires?

Qualche giorno dopo arrivò il momento di riunirsi, risolti tutti i problemi personali, per partire da un momento all'altro, anche se ancora non sapevano come.

Quando entrarono nel garage, «Iván» e «Alonso» lo guardarono con la stessa espressione di stupore che aveva avuto lui vedendo lo sconosciuto che tirava colpi al sacco di sabbia. Era un uomo robusto. Il naso schiacciato risaltava ancora di più sul suo volto di alcolista. Tirava con dolcezza, ma si notava l'energia dei suoi pugni. Il sacco non ondeggiava come quando lo colpiva uno di loro, ma rabbrividiva come un corpo appeso, attento al colpo che sarebbe seguito, tendendo i muscoli di sabbia per sopportare il castigo infertogli da quelle mani sicure. L'uomo respirava in modo cadenzato e sembrava stesse sempre in piedi su una gamba sola.

«Venite», chiamò «Gonzalo».

Si chiusero nell'abitazione senza smettere di osservare lo sconosciuto attraverso i vetri della porta.

«Non mi fate domande finché non vi avrò spiegato tutto. Finora siamo andati avanti lasciando in sospeso il problema del viaggio. È vero che possiamo farlo separatamente e riunirci a Oruro, ma è anche vero che siamo tutti abbastanza vistosi, di boliviano non abbiamo neppure l'odore, e sicuramente adesso l'esercito è sospettoso con le bestie rare che attraversano la frontiera. Credo che fino a questo momento la mia copertura ci sia stata molto utile, e ritengo che possa servirci per arrivare a Oruro senza difficoltà. Inoltre penso a un fantastico colpo di propaganda, ma di questo vi parlerò dopo. Per favore, non mi interrompete. A Oruro c'è un campione dei pesi welter, e l'ho sfidato. L'uomo ha accettato la sfida. È un pugile militare. L'incontro si terrà fra tre settimane e possiamo viaggiare tutti con quella copertura.»

Erano così sorpresi che non riuscivano neppure a pensare. «Iván» gli ordinò di finire di esporre il suo piano.

«Ho preparato tutto e contiamo sull'appoggio della Federazione Cilena di Boxe. Lì conosco vari tipi che vogliono vedermi diventare un professionista per far soldi a mie spese, e li ho illusi dicendo che questo combattimento con il boliviano lancerà di nuovo il mio nome nelle cronache sportive. Ci forniscono i biglietti. In autobus fino ad Antofagasta e da lì in poi in treno fino a Oruro. Prima vi ho accennato a un colpo di propaganda. Vincerò il combattimento. Vi rendete conto di quello che significa?»

«Ma, e noi?»

«È tutto sistemato. 'Iván' è il mio manager. 'Alonso' il mio aiutante e 'Pedro' il mio massaggiatore. È inutile dire che dobbiamo viaggiare con i nostri nomi.»

«E che diavolo rappresenta l'amico là fuori?»

«Fa parte della messa in scena. Ho bisogno di lui. L'uomo là fuori è un pugile in disgrazia. Lo conosco bene e non posso trovare miglior allenatore.»

Non ebbero bisogno di una lunga discussione per accettare il piano proposto da «Gonzalo». Permetteva loro di viaggiare in modo pulito e legale, e soprattutto considerarono gli effetti del colpo di propaganda: un atleta che, dopo aver ottenuto un importante trionfo, passava alla guerriglia con tutto il suo seguito.

Le settimane successive furono frenetiche. Gli abitanti del quartiere seppero che il campione andava in Bolivia a difendere il suo titolo e, anche se gli esperti spiegavano che sarebbe stato più giusto far venire in casa lo sfidante boliviano, perché così dettavano le regole fissate dal marchese di Queensberry, il viaggio rivelava bene il coraggio del campione, che andava a rischiare il titolo, e tutti si mostravano soddisfatti del Lupo di San Pablo al loro servizio sul ring.

Protetto dalla copertura di «Gonzalo», il gruppo si chiudeva nell'abitazione per continuare a ripassare le conoscenze acquisite. Cartografia, meteorologia, geografia, botanica medicinale, montaggio e smontaggio delle armi, l'abbiccì della guerriglia, mentre fuori il sergente maggiore López si presentava un giorno sì e uno no a controllare i progressi del campione, portandogli sempre un canestro pieno di uova di campagna e spiegando che doveva mangiarle crude, col guscio e tutto, perché aveva bisogno di molto calcio, di aglio e di cipolle crude per resistere meglio all'altitudine.

Dal quadrilatero arrivavano le istruzioni del Lupo di San Pablo.

«Alle corde. Alle corde, campione. Ora. Forza. Vada. Uno due, uno due, attento alle gambe, uno due, uno due, uno due. Torni alle corde. Si copra la faccia. Attento. Ora! Vada. Uno due, uno due, uno due, un gancio di sinistro! No, campione, ho detto gancio, non colpo. Di nuovo alle

corde. Vada. Uno due, uno due, uno due. Indietro. Vada
con un diretto di destro, cintura, cintura, in alto! E ora un
K.O.! Su, campione, un K.O.!»

Così arrivò l'ultima sera a Santiago. La mattina successiva sarebbero partiti per mettere il nemico al tappeto.

Desideravano stare con le famiglie, o con gli amici, o soli.
Ciascuno aveva immaginato in mille modi quella serata. Il
segreto delle loro vite si sarebbe infranto nel giro di poco
tempo, e allora sarebbero stati ormai lontani. Nonostante il
bisogno di intimità, fu loro impossibile evitare la festa che
improvvisarono gli abitanti del quartiere.

Arrivarono al garage alla spicciolata, portando pane fatto
in casa, un barbecue, carne già marinata, bottiglie di vino,
salsicce, *empanadas*, casse di birra, insalate multicolori e,
prima che loro potessero riprendersi dalla sorpresa, stesero
una tovaglia bianca sul bancone da lavoro. Il presidente della circoscrizione parlò dell'affetto che tutti nutrivano per il
campione, e naturalmente per i suoi collaboratori, dello
straordinario motivo di orgoglio che era per il quartiere poterlo annoverare fra i suoi abitanti, e di quanto avrebbero
gioito per la sua vittoria.

«Ma se la fortuna le è avversa, campione, se non vince, e
il boliviano ce la rimanda indietro con un occhio ridotto a
marmellata, be', lei capisce meglio di noi il profondo significato della frase olimpica: 'L'importante non è vincere, ma
partecipare'. Se non vince, campione, sappia che il nostro
affetto resterà immutato, ma siccome la conosciamo, abbiamo fiducia nei suoi pugni. Ho finito.»

Il vino era generoso e le parti migliori della carne alla
brace furono per «Gonzalo». Si guardavano tra di loro e,
senza dirlo, sapevano che quello era il miglior congedo possibile. Quanto poi alla vittoria, chi poteva nutrire dubbi?

Alla fine della festa il Lupo di San Pablo si avvicinò a
«Gonzalo» per assicurargli che durante la sua assenza tanto
il garage quanto i trofei avrebbero brillato per la pulizia.

«Peccato che io abbia problemi con la giustizia e non possa uscire dal paese, altrimenti con quanto piacere l'avrei accompagnata per consigliarla dal *ring side*. Attento alle testate, campione. I boliviani sono scaltri e hanno la testa dura. Non sa quanto mi dispiace lasciarla solo. Non è che pensi male dei ragazzi, sono pieni di entusiasmo, ma nella boxe non hanno futuro. Volevo dirle anche qualcos'altro, e lei sa che sono un uomo di poche parole. Grazie. Molte grazie, campione.»

«Sono io a doverla ringraziare. Che diavolo! Si prende cura del mio garage, siamo pari.»

«Non è così semplice. Lei sa di avermi tolto dalla merda. E che onore per me poterla aiutare con quel poco che so.»

«Lei è molto bravo. Conosce varie tecniche ed è capace di applicarle al momento opportuno. Lupo, c'è qualcos'altro. Può darsi che non torniamo molto presto, può darsi che mi ingaggino per una tournée. Questo deve restare fra noi.»

«Sono una tomba, campione.»

«Lo so. C'è una domanda che avrei sempre voluto farle. Da dove viene questa faccenda del Lupo di San Pablo?»

«Tempi passati. È di quando ero ancora un ragazzino e tiravo pugni nel Mexico Boxing Club di calle San Pablo. Ero giovane allora, e qualcuno notò che attaccavo meglio quando mi mettevano alle corde, in trappola, come i lupi. Ma è storia passata. Ora sono finito. La pelle del lupo sta grande a questo vecchio cane. Ho appeso i guantoni, campione.»

Le parole del pugile si spensero assieme alle ultime braci e un lieve fumo si confuse con le ombre.

Notò i mozziconi che lo circondavano e si rese conto che se ne stava seduto in quel piccolo parco da un pezzo. Il sapore amaro che gli inondava la bocca non veniva dal tabacco. Capì anche che non amava più quel parco, né la città. Non si amano i posti in cui si ritorna sconfitti.

Si alzò e si avviò verso il garage. Quando attraversò la strada, la ferita gli fece male. Gliela avevano curata in un magazzino della guerriglia, con mezzi molto primitivi, e quando l'avevano lasciato su un passo lungo il confine, lo avevano avvertito di non camminare troppo.

Trovò il Lupo di San Pablo che beveva mate in cucina. L'uomo trasalì quando lo vide, e non riuscì a capire se lo guardava con odio o semplicemente sorpreso, finché non posò la zucca e lo abbracciò singhiozzando.

«Allora è vero?»

«Sì. Lupo. Li hanno ammazzati.»

«Hanno ammazzato il campione...»

«E 'Iván'... e 'Alonso'...»

«... il campione. Quei figli di buona donna hanno ammazzato il campione...»

«Quando l'ha saputo, Lupo?»

L'uomo non rispose. Le lacrime gli tappavano il naso schiacciato e respirava con difficoltà. Piangendo si avvicinò al cassettone su cui brillavano i trofei e da uno di essi tirò fuori un ritaglio di giornale:

Una delegazione di atleti dilettanti cileni è morta nella stazione di Oruro, in Bolivia, durante uno scontro fra guerriglieri dell'Esercito di Liberazione Nazionale e soldati delle forze armate boliviane. Secondo fonti militari del paese vicino, gli atleti cileni formavano parte di un commando estremista entrato in territorio boliviano per unirsi ai sovversivi che operano nella regione montuosa del Teoponte. Il governo cileno ha sollecitato le autorità del paese fratello a investigare a fondo sul fatto. La delegazione sportiva, che viaggiava con l'appoggio della Federazione Cilena di Boxe, era formata dal campione panamericano dei pesi welter...

Gli restituì il ritaglio.

«Un mate?»

«No, grazie, Lupo. Devo andare. Guardi, qui ci sono un po' di soldi. Si occupi lei di portare i trofei alla famiglia. Sa dove vivono.»

L'uomo annuì in silenzio.

«Addio, Lupo. Buona fortuna.»»

Si avviò verso l'uscita. Nel capannone c'era ancora il quadrilatero formato da tre bidoni di olio e dalla macchina per smontare le ruote. In un angolo era appeso il sacco di sabbia. La voce del pugile lo fermò.

«Aspetti un attimo. Non capisco. A volte non capisco molte cose. Deve essere per via dei colpi che ho preso in testa, ma io volevo bene al campione, gli voglio ancora bene, e non riesco a credere che sia vero. È salito sul ring?»

«No. L'hanno ucciso prima. Non appena siamo scesi dal treno. Ci hanno venduto. Io mi sono salvato per...»»

L'uomo non lo ascoltava. Un'espressione di dolore idiota gli attraversava il volto alcolizzato.

«Allora è sempre il campione», disse e andò a tirare colpi furiosi al sacco di sabbia.

TESTIMONIANZE DA TOLA

Prima testimonianza

«Molto bene. Se la sono voluta. In questo paese, signori, è finito il tempo dei rivoltosi. Ordine e disciplina sono gli unici slogan permessi. Questi galletti coraggiosi, quanti sono?, dodici?, li manderò in un posto così deserto e noioso che in poche settimane mi imploreranno di farli tornare nella grande città. Capitano Espinoza, mi cerchi sulla cartina il posto più merdoso che c'è e me lo indichi col dito.»

Il capitano fece risuonare i tacchi, distese una grande carta geografica sul tavolo operativo, e obbedendo agli ordini del Responsabile indicò un puntino giallo situato fra due linee spezzate di colore marrone.

«Qui, signor generale. Tola. Se da Antofagasta si segue la linea retta del Tropico del Capricorno, che è la distanza più breve fra due punti...»

«Il Tropico del Capricorno?»

«No, signor generale. La retta.»

«Espinoza, non si perda in dettagli! Prosegua!»

«Agli ordini, signor generale! Come dicevo, se si esce da Antofagasta seguendo la retta del Tropico del Capricorno e si avanza per circa trecento chilometri in direzione est fino ad arrivare alla Cordigliera di Sale...»

«È transitabile quella linea...? Come si chiama...? Capri che?»

«È una linea teorica, signor generale.»

«Espinoza, non mi venga fuori anche lei con cazzate teoriche! Prosegua!»

«Agli ordini, signor generale! Una volta attraversata la Cordigliera di Sale, si arriva alla famosa Salina di Atacama. Un inferno arido, signor generale. Là gli sputi si mummificano prima ancora di toccare terra. Proprio in mezzo alla Salina di Atacama si trova Tola.»

«Mi piace, Espinoza. Mi piace! Hanno qualche possibilità di svignarsela da lì questi galletti?»

«Signornò, signor generale. Non ci sono strade. E se un tempo c'erano, sono scomparse, ingoiate dalla sabbia. È un villaggio morto, abbandonato più di cinquant'anni fa quando ha chiuso l'ultimo impianto per l'estrazione del salnitro che operava nella zona. Non hanno modo di uscire da quel buco. L'unico posto abitato, San Pedro de Atacama, è a una cinquantina di chilometri verso nord, e lì abbiamo due compagnie di zappatori che controllano l'area. Ancora un po' più a nord c'è la Pampa del Tamarugal, arida e inospitale come la Salina. A est hanno la Cordigliera delle Ande nella sua parte più inaccessibile, a ovest la Cordigliera di Sale di cui le ho già parlato, e a sud la Salina di Punta Negra, cioè deserto e solitudine su tutti i lati...»

«Molto ben pensato il posto, Espinoza. Li manderò là in vacanza questi galletti rivoltosi. Così impareranno una volta per tutte chi è che comanda qui. È assolutamente sicuro che non ci siano vie d'uscita?»

«Signorsì, signor generale. L'unica cosa rimasta laggiù sono i binari arrugginiti della ferrovia inglese che prima collegava gli impianti del salnitro. Se vogliono andarsene usando la strada ferrata, possono aspettare il treno fino a crepare.»

«Mi piace, Espinoza. Mi piace. Come ha detto che si chiama il paesino?»

«Tola, signor generale. Si chiama Tola.»

Ci mandano al Nord, amico. L'ho sentito dire a un militare quando ci hanno portato al cesso. È mai stato nel Nord? È piuttosto duro il clima da quelle parti, amico. Durante il giorno il sole picchia così forte da farti scoppiare la pelle della faccia e tutti i cristiani finiscono col prendere un'aria da cirrotici. La notte invece fa un freddo che ti entra fino nelle ossa, e all'alba cala sempre una nebbia fitta, una rugiada gelida che sopportano soltanto quelli del Pampino. Guardi. A quanto sembra partiamo subito. Ha notato che siamo in dodici? Dodici, come gli apostoli. A proposito, non ci siamo presentati. Qua la mano, Juan Riquelme per servirla in tutto quel che posso. Come? Si chiama Pedro Arancibia! Amico, abbiamo tutti e due dei nomi da santi. E lei come si sbatte per campare, don Pedro? È un professore? Senti senti, è proprio interessante. Io? Io sono un fuligginoso. Come? Non capisce? Un fuligginoso, amico. Sono ferroviere. Sporco di fuliggine. Ci chiamano così fin dai tempi delle locomotrici a vapore. Nella mia famiglia siamo quasi tutti fuligginosi. Il mio vecchio, per esempio, si è sbattuto tutta la vita come cantoniere in una stazione del Sud, e io lavoro come macchinista sul Pancho. Non capisce? Il Pancho. L'espresso Santiago-Valparaíso. Be', forse devo dire che lavoravo, perché quando uscirò da questo pasticcio non credo che mi riprenderanno. Di sicuro mi hanno messo sulla lista nera, per quanto siano più di vent'anni che mi ammazzo di fatica nelle ferrovie. Ma su col morale, amico! Non c'è male che duri cent'anni, né cane che resista a tanto! Andiamo nel Nord, don Peyuco, e anche questo deve avere il suo lato positivo. Come disse l'oculista, le cose della vita dipendono dalla lente con cui si guardano. Si rende conto? Non possiamo ancora dire che siamo fritti, come esclamò il pesce mentre lo buttavano in padella. Andiamo nel Pampino. E si prepari, amico, perché il viaggio sarà lungo.

Questo viaggio è diverso e, assurdamente, vorrei in qualche modo riscattarlo. Sì. Riscattarlo. Cambiare il senso di marcia del treno, invertire tutto. I sedili duri del vagone di seconda classe, gli sguardi fra ostili e annoiati dei soldati che ci sorvegliano, le sigle «FF.CC.», Ferrovie dello Stato, il dondolio che un tempo faceva assopire dolcemente e ora provoca insonnia. Se Neruda... ma è morto. Se Neruda fosse qui, sul sedile di fronte, faccia a faccia con la vita, gli chiederei con l'onestà di un bambino: «Don Pablo, cosa accadrà quando il treno si ferma?» Lui mi risponderebbe: «Quando riposa il lungo treno si riuniscono gli amici...» E così succederà sicuramente con tutti i treni del mondo, meno che con questo.

Ciakatakak. Ciakatakak. Ciakatakak. Si muove. Avanza il serpente d'acciaio. Si scorge già l'aridità di Til Til, quando invece dovrebbero essere i campi di meloni del Maipo ad accarezzare con il loro verde i finestrini.

Ciakatakak. Ciakatakak. Ciakatakak. «Quando riposa il lungo treno si riuniscono gli amici, entrano, s'aprono le porte della mia infanzia...» Siamo dodici e potremmo quasi essere una squadra di calcio, perché no? La «Uniti Vinceremo U.S.» del quartiere Independencia che va in campo a sfidare la «Bravi Ragazzi U.S.» di Paine. Seguendo le vecchie abitudini sportive, perderemo. Gli ospiti devono sempre lasciare a chi gioca in casa il piacere della vittoria, segnando però una rete per salvare l'onore poco prima di chiudere l'incontro. Allora i padroni di casa saranno generosi nella loro euforia, e il profumo di vitella arrostita sulla legna di *peumo* ci seguirà nel viaggio di ritorno sull'ultimo treno, il treno degli ubriachi, il treno locale col pollo freddo e le bottiglie di vino di cui continueranno a rifornirci in tutte le stazioni.

Ciakatakak. Ciakatakak. Ciakatakak. Siamo in dodici e

potremmo benissimo essere una comitiva di amici che vanno a un matrimonio. Dove? Chi si sposa? A Rancagua! Certo. Nella prima stazione grande del Sud si sposano i nostri Ramón e Olga, che ne dite? Vino da farci il bagno ai cavalli e riso da lanciare agli sposi! Le vecchie piangeranno, servendo da bere senza posa, e lo sposo penserà alle gambe della sua amata mentre assaporiamo i cosciotti di tacchina, grandiosamente erotici, che nuotano nello stufato, ma... ciakatakak. Ciakatakak. Ciakatakak. Non sono i vigneti di Rancagua. Non sono i contrafforti della cordigliera. Non sono i trenini che si arrampicano fino alle miniere di rame e tornano indietro portando nel ventre l'eterna scintilla delle fonderie a delinearsi laggiù. Attraversiamo la contrada invecchiata della Ligua, epicentro di catastrofi, capro espiatorio dell'odio che a volte la terra ci dimostra con terremoti.

Ciakatakak. Ciakatakak. Ciakatakak. «Quando riposa il lungo treno si riuniscono gli amici, entrano, s'aprono le porte della mia infanzia, la tavola si scuote...» Nella violenta luce del pomeriggio, Illapel ci prepara gli occhi ad affrontare l'improrogabile deserto che inizierà fra poche ore. Ciakatakak. Ciakatakak. Ciakatakak. Perché la storia di questi giorni non ha l'amorosa logica della clessidra? Se così fosse, basterebbe rovesciarla e ci troveremmo all'entrata di Talca, fra pioppeti selvatici e tortore che aspettano fiacche l'arrivo del cacciatore. Siamo in dodici. Perché no? Come i Dodici della Fama, lontani spagnoli che smarrirono per sempre la via d'uscita. Siamo in dodici e, ordinatamente, prenderemmo posto davanti alla vecchia macchina del fotografo nella piazza d'armi quadrata e castigliana. Guarderemmo l'uccellino per diventare poi dodici negri con i capelli bianchi, tutti a testa in giù, in attesa che il mago delle immagini ricompaia dall'oscurità del suo minuscolo tempio coperto di flanella, e ci consegni la foto formato cartolina con la scritta «Talca, Parigi e Londra», orgoglioso stemma araldico di latifondisti rovinati, che continuano a darsi appuntamento alle cinque del pomeriggio, con discrezione, per bere «undici», perché undici sono le lettere dell'*aguardiente* che libano in bicchierini alti come il mignolo... E intanto il bar della stazione si riempie di risate e di frasi di stupore suscitate dall'impeccabile rima dei poeti, dei vati del treno rapido per Puerto Montt, che declamano i versi, i buoni versi, e offrono al viaggiatore, fra nocciole e torte, il fior fiore appena stampato della «Lira Popolare», ma... ciakatakak... ciakatakak... ciakatakak. Il treno non si ferma. Non lo farà finché non avremo avvistato Ovalle e, in mezzo alla solitudine e al silenzio, la tomba tranquilla della Mistral, la nostra Gabriela.

Ciakatakak. Ciakatakak. Ciakatakak. È salito qualcun altro? Questo vagone è interamente riservato a noi, i dodici appestati, quelli che hanno contratto il colera, la peste gialla, rossa o nera. I dodici che vanno verso la loro quarantena di silenzio. A La Serena quasi tocchiamo il mare, il Pacifico che tinge di verde la statua di Francisco de Aguirre e ci schiaffeggia, rivelandoci che da lì in poi tutto sarà luce e minerale.

Ciakatakak. Ciakatakak. Ciakatakak. «Quando riposa il lungo treno si riuniscono gli amici, entrano, s'aprono le porte della mia infanzia, la tavola si scuote al colpo di una mano ferroviaria, risuonano i grossi bicchieri del fratello e luccica il fulgore degli occhi del vino...» Ciakatakak. Ciakatakak. Passano nomi in mezzo a vecchie lamiere. Ciakatakak... ciakatakak... Vallenar. Ciakatakak... Punta de Díaz... ciakatakak... Chacarita... ciakatakak.... Castilla... ciakatakak... Copiapó comparirà come un fantasma in mezzo alla pioggerellina e il fischio del treno scaccerà gli spettri dei cercatori d'oro, di tutte le fortune portate via dal randello del re di bastoni... Chañaral... ciakatakak... Antofagasta finalmente addormentata nella penombra di Huanchaca che profuma ancora d'argento e di sangue, come una basilica romana... Ciakatakak... Ciakatakak... Sotto gli sguardi allucinati di lama e di vigogne ci avviamo verso le alture. La sierra. Tutto è sierra. Sierra de León. Sierra. Sierra del Carmen. Sierra. Sierra Septiembre. Sierra. Sierra Amarilla. Sierra. Sierra del Buitre. Sierra. Sierra senza nome. No. Questi quattro pali sono stati battezzati. Tola.

Quarta testimonianza

«Signori. Per decreto del supremo governo e in conformità con le leggi di guerra, voi rimarrete in questo luogo fino a nuovo ordine. Vi saranno inviati rifornimenti una volta ogni quindici giorni. Molto vicino troverete un pozzo con acqua perfettamente potabile. Non dovete sentirvi abbandonati. Una volta al mese riceverete la visita di un praticante medico dell'esercito nel caso in cui si presentassero problemi di salute, ma ne dubito, visto che l'unica cosa che potete fare qui è esercizio, molto esercizio. Come ha detto il nostro generale, mente sana in corpo sano. signori, vi auguro un gradevole soggiorno in questo tranquillo angolo della nostra patria e vi esorto a pensare agli errori commessi al fine di non ripeterli. Questo è tutto, signori. Rompete le file.»

Quinta testimonianza

«Moya. Dormi, Moyita? Puttana, come fa freddo, Moyita. Non riesco ad addormentarmi al pensiero di quei poveretti che abbiamo lasciato a Tola. Possono creparci laggiù, Moyita. So quello che dico. Io sono del Pampino, Moyita. Noi *mamani* siamo di un po' più a nord. So quello che dico. Puttana, se fa freddo. Li ho guardati ben bene durante tutto il viaggio e non mi sono sembrati cattiva gente. Hai visto come ci hanno offerto le loro sigarette? Hai visto come ci hanno invitato ad assaggiare i loro cibi? Puttana, quanto è falso il signor tenente García. Anche lui conosce bene la zona e sa che da quel pozzo non si può bere neppure una goccia senza finire con la cacarella. È acqua piena di zolfo, Moyita, bisogna farla bollire per ore e ore prima di poterla bere. Puttana, se è stronzo quel figlio di buona donna. Quei cristiani moriranno laggiù, Moyita. Non sono del posto, e chi non è del posto non sa sopravvivere come noi. Cosa dici? Chi gli ha detto di mettersi a far cazzate? Hai ragione, Moyita. Ma io credo che sarebbe bastato chiuderli in gattabuia. Perché fargli un culo così a quei poveretti? Sì. Ti lascio dormire. Non ti rompo più, ma è che puttana, se è freddo, Moyita. E il freddo mi fa pensare a quei poveretti.»

Sesta testimonianza

«Buona idea bollire l'acqua, don Peyuco. Niente male questo posticino, non le pare? Ci sono ancora varie case abitabili, ma penso che sia meglio restare tutti assieme nella stazione. Sa? Credo che i militari volessero farci crepare in due modi: con l'acqua e con il freddo. Ma gli è andata storta, perché abbiamo legna per anni e con la sua idea di far bollire l'acqua ci manterremo più sani di uno yogurt. Però io volevo parlarle di un'altra cosa, don Peyuco. Dopo quanto sto per dirle lei penserà che mi è partita una rotella, ma tranquillo, amico. Sono più serio di una foto e un po' matti, in fondo, lo siamo tutti. Non mi segue? Andiamo al sodo, come disse l'uovo. Lei ha visto che fin da quando siamo arrivati sono stato in giro a guardare i binari. Bene. Si dà il caso che in entrambe le direzioni ce ne siano vari chilometri in perfetto stato, è solo questione di togliere la sabbia. Sa? Ci ho pensato e ripensato, e all'improvviso mi sono detto: forse ai ragazzi piacerebbe fare un piccolo giro turistico... Vede? Mi prende per matto. Di sicuro crede che la mia idea sia di mettervi in fila indiana tra le rotaie e poi di farvi correre gridando ciuff ciuff. No, don Peyuco. È più fuori strada di una jeep. Venga con me. Voglio mostrarle un tesoro.»

Settima testimonianza

Non so se questa lettera che consegnerò ai soldati quando ci porteranno le provviste ti arriverà mai. Continuo a pensare al viaggio. È stato così lungo. Immagina dodici uomini più i venti soldati che ci sorvegliavano, a bordo del lento, lentissimo treno del Nord, nel Pampino. Come vedi, ho già imparato qualcosa, perlomeno il nome del treno. Del Nord sapevo soltanto quello che avevo letto nelle dolorose cronache del tempo di Recabarren e di Lafferte, o della guerra del Pacifico. È molto diverso da tutto quanto uno può immaginare mentre legge in casa sua ben riparato dal freddo, o protetto dal caldo dai muri della Biblioteca Nazionale. Sto bene. Stiamo bene, benissimo, e proprio di questo voglio parlarti. Fra di noi c'è un uomo molto speciale, Juan Riquelme, un ferroviere, che fin dall'inizio si è messo in evidenza come «l'anima della squadra», secondo le sue stesse parole. È il picaro spagnolo in versione creola. Pedro de Urdemalas in esilio. Pian piano ci ha raccontato la storia di ogni piccolo villaggio che abbiamo attraversato e ci ha spiegato, con le arie di un Einstein che disserta sulla relatività, il perché dell'esasperante lentezza del treno del Nord. Nei primi giorni il suo comportamento ci preoccupava molto, a essere sinceri, pensavamo che non gli funzionasse qualche rotella. Si alzava molto presto e, munito di una specie di grossa scopa che si era fabbricato da solo, cominciava a spazzar via la sabbia da sopra la rotaia destra della vecchia linea ferroviaria inglese, che un tempo serviva gli impianti del salnitro. Lo vedevamo avanzare lentamente fino a quando la sua sagoma non era altro che un vago punto all'oriz-

91

zonte. Al tramonto ricompariva con la stessa tranquilla lentezza, ma stavolta ripulendo la rotaia sinistra. Ha continuato a lavorare in questo modo per vari giorni senza dire una parola e poi, alla fine della seconda settimana, ci ha convocato in un capannone isolato e non ci crederai, ma in quel posto c'erano, anzi ci sono, due locomotive vecchissime, come quelle che si vedono nei film western statunitensi. Due macchine a carbone o a legna. Due macchine a vapore, come ci ha pazientemente spiegato Juan Riquelme. Penserai che sono impazzito, che siamo impazziti tutti, ma non è che il sole ci ha seccato il cervello, qui, in mezzo al deserto, è solo che siamo tutti presissimi dal progetto di far funzionare una delle macchine. Oltre a Riquelme, l'unico fra noi che capisce qualcosa di meccanica, utensili e roba del genere, è Arancibia, un professore di un istituto tecnico industriale che ormai è pappa e ciccia con Riquelme. Entrambi assicurano che è possibile mettere in moto uno dei mastodonti. Non pensare che si tratti di un possibile piano di fuga. No. Nessuno di noi è così idiota da proporsi una cosa del genere. Si tratta semplicemente di... come spiegarti?, un gioco affascinante contro le avversità nel quale l'unica cosa davvero importante è conquistarsi la possibilità di continuare a sognare...

Ottava testimonianza

«Ehi... mastro Riquelme... si avvicini un po'... no, basta così! Si faccia anche una pisciatina, per sicurezza, guardi che il tenente ha occhi persino sulla nuca. Le ho mandato la lettera alla famiglia e hanno già risposto. Il signor tenente non ha voluto portarvi la corrispondenza perché dice che bisogna tenervi in isolamento. Ma è tutta una fandonia. Io ho letto la lettera della sua signora e dice che stanno tutti bene e che alla piccolina sono spuntati tre denti da latte. Ci sono lettere anche per il professore e per due dei suoi colleghi, ma non ho potuto leggerle perché sono ancora mezzo analfabestia e mi ci vuole un sacco di tempo. Di nulla. Senta, mastro Riquelme, fra le rovine della cappella le ho lasciato le lime e la sega che mi aveva chiesto. Non ho potuto portarvi altro perché il signor tenente era piuttosto sospettoso. Amico, non vi mettete nei pasticci, perché guardi che quel coglione è capace di farvi fucilare. Io l'ho avvertita, amico. È un boccone amaro il tenentino...»

Nona testimonianza

«Abbiate pazienza, ragazzi. Sapete di cosa ha bisogno un elefante per farsi una formichina? Di pazienza. Questa macchina è qualcosa di più di un pezzo di ferro. È sensibile questa ragazza. Vediamo un po', bambina mia, dica il suo nome ai giovanotti. Come? Dice che ce l'ha scritto sulla caldaia. Uotar iusein? Dice che non parla spagnolo, la piccola. Soci, aprite le orecchie. Si chiama *Queen Victory* ed è un modellino che gli inglesi dedicarono alla regina Vittoria quando era ancora soltanto una principessa. Sono le stesse locomotive che i gringo portarono in India. Collega Arancibia, mi ha ridotto il perno che le ho mostrato? Vediamo un po'. Che meraviglia! Come si vede che ha delle mani da pianista, amico. Lei avrebbe un futuro nelle ferrovie. E voi? Come vanno le cose con la sega? Ma ragazzi, abbiate pazienza. All'inizio ci servono dei pezzetti di legno piccoli. Come ve lo devo spiegare? Sentite, questa ragazza ha bisogno di essere trattata come una signorina di buona famiglia. Le piace essere scaldata a poco a poco. Be'? E ora di cosa ridete? Accidenti come siete maliziosi. Se vi dico che poi a questa ragazza, una volta che è calda, le piace farsi infilare dentro dei bei pali grossi, di sicuro penserete a qualche porcheria. Ragazzi, dove andremo a finire con questi discorsi.

Adesso ci manca soltanto di riattivare l'uscita del vapore. Se avessimo un paranco... che facce fate? Non sapete cos'è un paranco? Il linguaggio tecnico è cinese per voi. Un paranco, soci, è una puleggia... no. Continuiamo a parlare cinese. Collega Arancibia, quale potrebbe essere la descrizione di un paranco per questi apprendisti? Mi lasci tentare. Un paranco è un insieme di catene e di carrucole che permettono di sollevare un oggetto pesante. Ah! Ho strappato un applauso. Siamo fatti così noi fuligginosi. Ma bisogna lavorare e dovremo farlo con le nostre manine. Lei, compare, mi passi quel palo. Lo useremo come leva. Datemi un punto di appoggio e muoverò il mondo, disse il greco, e meno male che non gliel diedero, perché, altrimenti, chissà che razza di terremoto ci avrebbe combinato.»

Decima testimonianza

«Quando riposa il lungo treno si riuniscono gli amici...» Questo treno, don Pablo, si è fermato già da troppo tempo, eppure il presagio della poesia si è compiuto ugualmente. Eccoci qua, noi amici, i Dodici della Fama, i dodici apostoli che tentano la resurrezione di un arrugginito drago britannico. Come tutti gli uomini, vogliamo realizzare un piccolo, minuscolo, ma evidente miracolo, e lassù, sopra la macchina, c'è Juan Riquelme, il fuligginoso, uno di quei tanti modesti Juan, illustri sconosciuti, ma sicuri di riuscire a pulirsi le mani sporche di grasso in un pezzo di stoppa o di storia, di accendersi una sigaretta e, senza dare troppa importanza a quanto hanno realizzato, di dire al miracolo, come a Lazzaro, alzati e cammina!

Forse, don Pablo, stiamo scrivendo con ferri vecchi un nuovo verso che tirerà fuori per qualche istante «il lungo treno» dal suo giusto letargo.

E deve farcela. Se riusciamo a smuoverlo anche solo di

un centimetro, sarà la vittoria, il trionfo dell'allegria sullo sputo dell'odio. E in questo mare di sabbia, sole, vento e sottile pioggerellina, questi Dodici Argonauti si preparano, perché come ha detto lei, don Pablo, «il ferroviere è marinaio in terra e nei piccoli porti senza mare».

UN INCONTRO PUNTUALMENTE MANCATO

Ortega caricò la sveglia, sistemò il segnale d'allarme in modo che suonasse esattamente alle quattro e mezzo del mattino e, per maggiore sicurezza, telefonò a un amico chiedendogli di chiamarlo alla stessa ora.

Mentre si scioglieva le stringhe delle scarpe decise che era stupido coricarsi, precipitare fra le bianche barriere di un'insonnia sicura. Così si allontanò dal letto, andò al lavabo e si rinfrescò la faccia con acqua fredda. Subito dopo si gettò la giacca sulle spalle, uscì per strada e si avviò verso la stazione centrale.

Quando arrivò all'enorme edificio grigio, non volle entrare immediatamente. Odiava in particolar modo quell'atmosfera di noia creata dai passeggeri che aspettano un treno locale fra sigarette e sbadigli. Aveva tempo. Mancavano ancora più di quattro ore all'arrivo annunciato con un telegramma di inumana laconicità. Entrò in un piccolo caffè.

«Arrivo treno cinque e un quarto. Stop. Aspettami. Stop. Elena. Stop.»

Quando la ragazza gli mise davanti il bicchierino di cognac, si rese conto di essere tranquillo. S'accorse che l'inquietudine che lo tormentava da settimane era scomparsa e che, al suo posto, l'assurda certezza di essere ancora innamorato arrivava quasi a irritarlo.

La telefonata di Elena l'aveva sorpreso nell'intimità del suo appartamento di uomo solo, mentre si dedicava a sviscerare i ricordi che trasudavano dalle pagine di un romanzo di Semprún.

L'inconfondibile voce di Elena l'aveva scosso a tal punto che era ammutolito, tenendo la cornetta in mano quasi si trattasse di un rettile, e lei aveva domandato più volte se gli aveva fatto venire un infarto.

Con una laconicità simile a quella del telegramma gli aveva detto che si trovava di nuovo a Parigi, che arrivava da Madrid dove aveva ancora alcuni amici, e che era più vecchia, parecchio più vecchia, aveva sottolineato.

Quindici anni lasciano le loro tracce perverse nei capelli bianchi e nelle rughe che pian piano ci trasformano l'anima in una cartina di posti e di emozioni morte.

«Frasi da tango», aveva replicato Elena. «Nient'altro.»

Ortega assaporò il primo sorso di cognac e si disse che era assurdo invecchiare. Si ripeté che era morboso guardarsi ogni mattina allo specchio e vedere che un pezzo di vita, imprescindibile, e di noi stessi, è rimasto in qualche posto della stanza dove abbiamo dormito, perduto per sempre. Maledicendo ancora una volta lo scrittore imboscato sotto la sua pelle, Ortega non poté evitare di sorridere pensando alla sua stanza verso le nove del mattino, quando la donna delle pulizie vuotava i portaceneri, apriva le finestre e scuoteva le lenzuola. Quanti capelli, ricordi, frammenti di pelle, sogni, forfora e minuscoli brandelli di una persona cadono e servono da concime ai rosai del cortile. Gli tornò in mente un viaggio con Elena, uno dei tanti viaggi in treno da Madrid a Barcellona, da Barcellona a Valenza. *Viandante, non c'è sentiero...*

Durante quel viaggio, ora impossibile da localizzare esattamente nei labirinti della memoria, Ortega le aveva spiegato nei dettagli la trama di un racconto che un giorno o l'altro avrebbe scritto. Era molto semplice.

Un uomo nasce su un treno, in un vagone di seconda classe. È nutrito con il latte che proviene dalle varie stazioni in cui si ferma il convoglio. L'uomo cresce, impara le cose banali ma necessarie che lo legano alla realtà concreta, ma non lascia mai il treno. Conduce un'esistenza tranquilla, limitandosi a guardare fuori dal finestrino, finché la bestiolina dell'amore non inizia a scavarsi una tana fra la sua pelle e la sua camicia. L'uomo si accorge allora di possedere un dono sconosciuto. Può evitare qualsiasi tipo di complicazione esistenziale semplicemente scendendo alla prima stazione e prendendo il treno in senso inverso. Può ripetere quello stratagemma riparatore quando vuole, non appena la minima difficoltà minaccia di sconvolgere la sua tranquilla vita di passeggero.

«Questa si chiama la filosofia di togliere il culo da sotto alla siringa», aveva replicato Elena.

Quando ritrovò la parola, la voce di Elena stava formulando alcune domande dalla cornetta.

«E tu? A quanto pare sei rimasto ad Amburgo per sempre. Suppongo che ti troverò trasformato in un perfetto signore tedesco. Usi anche uno di quei berretti blu da marinaio? Hai con te una dolce tedeschina a cui insegni ordinatamente a odiare l'ordine? Ti sono arrivate le mie lettere? Hai mai risposto?»

Quindici anni. Parigi. Quella città idiota.

Si erano separati quando l'ultima barricata era stata spazzata via da svogliati operai municipali, e l'ultimo grido di ribellione urlava il suo pentimento nello studio di un agiato padre di famiglia.

Dei vecchi compagni della C.N.T. non restava che un vecchio taccuino con degli indirizzi, per lo più cancellati.

Elena.

Quando il sacro ordine aveva invaso vittorioso le strade parigine e i francesi avevano preso a ostentare con più fervore che mai la stupidità della propria arroganza, loro avevano iniziato una disordinata serie di itinerari forzati, che avevano condotto Elena in un caldo paese centroamericano e lui nella verde città di Amburgo, dove ora l'aspettava bevendo il suo terzo bicchierino di cognac. Ogni tanto aveva casualmente incontrato vecchi conoscenti, uomini che quando ricordavano quei tempi abbozzavano una smorfia gentile, guardavano l'orologio e si scusavano di dover partecipare a riunioni improrogabili.

Da alcuni di loro aveva saputo che Elena viaggiava per paesi dai nomi che sanno di frutta, di avventure di pirati, di ore silenziose davanti a mari trasparenti, di pelli dall'amabile sfumatura ambrata.

Pagò la consumazione e s'avviò. Quando entrò nella stazione si fermò davanti al tabellone degli arrivi e guardò su quale binario sarebbe giunto l'espresso Parigi-Varsavia. Scese le scale e aspettò. Mancavano ancora cinque minuti.

Ortega si sedette su uno scalino e decise di prepararsi le parole necessarie. Parole che sarebbero servite da ponte per superare un abisso di quindici anni.

Anche se tenta di evitarlo, parleranno necessariamente di quei giorni, dei sogni, del vogliamo l'impossibile, del domani è il primo giorno del resto della tua, eccetera. Degli slogan che a volte, quando incontrava Dani «il rosso» trasformato in un impeccabile editore di giornali e riviste illegali, gli salivano in gola come una fastidiosa secrezione, segno del desiderio di rigettare il boccone amaro di quella storia.

Una voce anonima che annunciava l'arrivo dell'espresso lo distolse dalle sue elucubrazioni prima che avesse trovato le parole. Il treno si fermò e Ortega si alzò in piedi, raddrizzò la testa quanto glielo permettevano i muscoli del collo e cominciò a esaminare le facce assonnate dei viaggiatori che scendevano e i volti nervosi di quelli intenti a salire con il biglietto in mano. In mezzo agli spintoni si sentì prendere da un nervosismo crescente. Non gli erano mai piaciuti né gli incontri né i saluti. Per loro, la Comune era stata proprio quello, la possibilità d'una vita continuata, senza limiti. Affrettò il passo sul marciapiede, scrutando l'interno fiocamente illuminato del treno. Correva quando arrivò agli ultimi vagoni e il fischio che ordinava la partenza lo colse in mezzo a una volata folle, mentre schivava come un giocatore di rugby i passeggeri in ritardo ed evitava di sbattere contro i carrelli della posta. I tre minuti di sosta erano svaniti troppo in fretta per uno che ha aspettato quindici anni. Pensò a un errore di itinerario, a uno sbaglio del telegrafista, ma quando il treno si stava già muovendo scorse il volto di Elena delineato dietro i vetri.

Elena!, gridò. Elena!

La donna si limitò a rispondergli con un sorriso. Gli mandò un lieve bacio chiuso tra le dita, e gli indicò la parola Varsavia sul lato della carrozza.

Ortega rimase immobile, vedendo scomparire il treno in uno squarcio di luce mattutina che già s'insinuava nel cielo, e pensando all'alba si illuse di averla capita. Elena. Varsavia. Lottare contro il potere. Cazzo! La stessa storia.

DAL GIORNALE DI IERI

Versò il caffè nella tazza, un po' di latte, mezzo cucchiaino di zucchero, mescolò e aspettò che diventasse tiepido. Provò la stessa sensazione di malumore di ogni mattina vedendo che il burro era congelato, che era un assurdo mattone giallo chiuso nella sua confezione trasparente.

Ripeté la stessa cerimonia di tutte le mattine, cioè buttò la fetta di pane nel cestino della spazzatura e accese una sigaretta per accompagnare il caffè quasi freddo. Aprì il giornale.

Nella seconda pagina c'erano le previsioni del tempo. Quel giorno sarebbe di nuovo piovuto. Un po' più sotto scoprì la nota esplicativa, racchiusa in una cornice nera per sottolineare la sua importanza di inserzione a pagamento.

> *Nel nostro numero di ieri delle Nuove Disposizioni Costituzionali, capitolo XV, pagina 62, colonna 2, paragrafo 6, riga 5, là dove dice: SARANNO DECORATI DALLA NAZIONE, si legga: SARANNO CONDANNATI DALLA NAZIONE.*
>
> *Presentato questo giusto e necessario chiarimento, riteniamo di aver compiuto il nostro dovere di editori.*

Finì di bere il caffè, posò la tazza nel lavandino e si mise le scarpe. Dette un'occhiata alla giacca impeccabilmente stirata e alla cartella appesa vicino alla porta e decise che era ora di andare. Sulla consolle c'erano le chiavi, l'abbonamento settimanale della metropolitana, il pacchetto nuovo delle sigarette, il fazzoletto e la lettera per la mamma.

Mentre caricava l'orologio a muro decise che aveva tempo per un'altra tazza di caffè e una seconda sigaretta. Tornò a guardare il giornale sul tavolo e rilesse la nota esplicativa. Le parole continuarono a ballargli nella testa e andò agli scaffali per consultare il dizionario.

DECORATO: che ha ottenuto una decorazione.
CONDANNATO: chi è stato colpito da una condanna per atti contro la legge.

Si avvicinò al telefono e compose il numero del Ministero, ascoltò i piccoli squilli che dichiaravano libera la linea, e quando sentì che all'altro estremo della città qualcuno rispondeva, attaccò.

Tornò al tavolo e si servì una seconda tazza di caffè. Decise che, visti i tempi, era meglio non compromettersi e fece un rapido inventario dei beni disponibili: un pacchetto e mezzo di sigarette, mezzo barattolo di caffè, una confezione di burro congelato, un pane intero, della frutta e una bottiglia di vino.

Si tolse le scarpe e guardò fuori dalla finestra, in strada. Gli parve che ci fosse meno gente del solito, sebbene i bambini della scuola vicina giocassero con l'idrante.

Decise di aspettare mezzogiorno.

Era leggermente assopito quando il grido dell'edizione speciale del giornale lo spinse come una molla fino alla porta. Esitò rendendosi conto di non avere le chiavi, le prese al volo e si precipitò giù dalle scale. Mentre pagava il giornale, scoprì di essere scalzo, si sentì un po' imbarazzato, ma pensò che in momenti simili la cosa non aveva alcuna importanza.

Tornò al tavolo e aprì in fretta e furia il giornale. Sulla prima pagina, incorniciata da un austero rettangolo, c'era la nota esplicativa:

*Considerate le voci irresponsabili che indicano in un'in-
filtrazione di potenze nemiche la causa dell'errore che
abbiamo commesso INVOLONTARIAMENTE nella pubblicazione delle Nuove Disposizioni Costituzionali, capitolo XV, pagina 62, colonna 2, paragrafo 6, riga 5, là dove
dice: SARANNO DECORATI DALLA NAZIONE, si legga:
SARANNO CONDANNATI DALLA NAZIONE, dobbiamo
presentare la nostra più categorica smentita e precisare
che tutto è dovuto a una svista dell'operaio tipografo.
Con la pubblicazione di questo chiarimento si adempio-
no gli obblighi di legge. Gli editori.*

Stappò la bottiglia di vino e con il bicchiere in mano andò
al telefono e compose il numero del Ministero. Ascoltò a
lungo i piccoli squilli della linea libera, ma all'altro capo
nessuno sollevò la cornetta. Riappese. Si avvicinò alla finestra e vide che iniziava a piovere. La strada era deserta. Solo un cane fiutava i bidoni della spazzatura.

Si diresse all'armadio con in bocca una sensazione di tragedia che gli impediva di sentire il sapore del vino. Tirò
fuori la scatola da scarpe che conteneva i documenti importanti e le lettere della mamma. Lesse una per una le buste e
alla fine tirò fuori quella che aveva l'intestazione del Ministero nell'angolo sinistro. Tornò al tavolo.

«Il Signor Ministro ha il piacere di porgerle i suoi più
calorosi rallegramenti per aver compiuto venticinque
anni di abnegato servizio alle nostre dipendenze. Il
Signor Ministro ha decretato che questi rallegramenti
siano messi all'ordine del giorno e le ricorda che lunedì 27 corrente mese si terrà una cerimonia in suo onore (al termine della giornata di lavoro) al circolo del
personale. Firma (c'è un timbro azzurro): Il Segreta-
rio.»

103

Guardò il calendario. Il foglietto con il numero ventisette gli ballò davanti alle pupille e tornò a leggere il chiarimento dell'edizione serale. Sospirò, accese il televisore e si perse nella trama di un film di spionaggio.

Decise di alzarsi quando il presentatore di turno disse che con l'inno nazionale terminavano le trasmissioni del giorno ventisette e lo schermo iniziò a sfrigolare. Guardò l'orologio. Era mezzanotte e mezzo.

Meditò un secondo davanti al calendario prima di strappare con violenza il foglietto del ventisette. Inaugurò il ventotto con un sospiro e con il lieve crepitio della carta appallottolata in mano.

Una volta in camera, respinse l'idea di mettersi in pigiama. Si disse che doveva essere pronto a gravi avvenimenti, pertanto si coricò vestito e non spense la luce.

Stava fumando a letto quando sentì scivolare il giornale sotto la porta. Si alzò rapidamente, si ravviò i capelli, cercò gli occhiali sul comodino e andò a prenderlo.

La nota esplicativa era in prima pagina, sempre bordata da severi tratti neri:

È nostro dovere comunicare all'opinione pubblica quanto segue:

I. che abbiamo pubblicato tempestivamente il chiarimento e l'errata corrige previsti per legge in relazione all'errore in cui siamo incorsi INVOLONTARIAMENTE nella pubblicazione delle Nuove Disposizioni Costituzionali, capitolo XV, pagine 62, colonna 2, paragrafo 6, riga 5, là dove dice: SARANNO DECORATI DALLA NAZIONE, dovendo leggersi: SARANNO CONDANNATI DALLA NAZIONE.

II. che il suddetto errore INVOLONTARIO è dovuto unicamente ed esclusivamente a una svista del tipografo incaricato, e in nessun modo a infiltrazioni di potenze nemiche, come in maniera sleale e irresponsabile si è tentato di far credere all'opinione pubblica.

III. che non siamo assolutamente responsabili della fucilazione dell'Eccellentissimo Signor Presidente della Repubblica e dei suoi dodici Ministri, avvenuta prima dell'alba nella caserma degli Ussari della Patria, che lamentiamo profondamente.

IV. segnaliamo infine che con questi necessari chiarimenti riteniamo compiuto il nostro dovere davanti alla legge, e consideriamo chiuso il fastidioso dibattito in cui si è voluto coinvolgerci. Gli editori.

Bevve il caffè quasi freddo mentre rileggeva l'inserzione, aveva in gola l'irritante sapore delle numerose sigarette fumate durante la notte. Si alzò. Si mise la giacca. Prese le chiavi, l'abbonamento della metropolitana, le sigarette, il fazzoletto, la lettera della mamma, la cartella e, quando stava per chiudere la porta, decise di tornare indietro per non trovarsi senza ombrello, visto che il giornale, a pagina due, annunciava che quel giorno sarebbe di nuovo piovuto.

RICORDI PATRIOTTICI

Un uomo si alza alle sette del mattino ed esce con tutta la famiglia davanti alla sua casa, situata in un quartiere popolare di Santiago.

Schiera tutti in un'ordinata formazione militare e inizia a issare la bandiera argentina mentre le bocche del clan intonano l'inno della nazione alleata dando visibile prova di una sincera emozione.

Un funzionario del Ministero degli Esteri, che sta passando di lì in seguito a circostanze del tutto fortuite, osserva la scena e consulta immediatamente le sue effemeridi.

Preme l'acceleratore e arriva davvero alterato nel suo ufficio. Ordina alla segretaria di prendere i provvedimenti necessari, previa minuziosa revisione delle ricorrenze.

Alle nove del mattino tutta la sede del ministero si è trasformata in un mare di consultazioni e di reciproche accuse di inefficienza amministrativa e di possibili sabotaggi. Come misura d'emergenza, si sospende l'apertura al pubblico e si caccia via in malo modo un personaggio in abiti stravaganti che dichiara in francese di essere l'unico rappresentante autorizzato della Repubblica Federale Indipendente di Janubi, situata sulla costa sudoccidentale del lago di Sonalía, che per un errore della «National Geographic» compare sulle cartine come mare di Berenice.

Alle nove e trentacinque minuti il signor ministro degli Esteri capisce di essere solo e che quanti lo circondano sono un mucchio di incapaci. Pertanto, come prima misura, dispone l'invio di un omaggio floreale al monumento equestre del generale San Martín e telefona al suo collega, il ministro della Pubblica Istruzione e della Cultura, perché ordini l'affluenza immediata sul luogo di alunni e professori degli istituti scolastici della zona.

Alle undici e trentacinque, accanto al piedistallo dell'eroe, ci sono circa milleduecento alunni e una cinquantina di professori debitamente schierati in attesa dell'arrivo del signor console della nazione alleata, che è stato sorpreso dalla notizia sulla poltrona del dentista, e a bocca aperta, perché era ancora calda l'otturazione in oro all'incisivo sinistro.

Alle undici e cinquanta, ora protocollare, il signor console giunge sul posto, e con parole rotte dall'emozione dichiara che questa cerimonia riconferma ancora una volta gli indissolubili legami che uniscono i nostri popoli nel loro cammino verso un domani migliore. Il suo discorso è seguito da una lunga ovazione degli alunni, e il signor console guarda con intima invidia i funzionari del protocollo cileno, che si sono ricordati, chissà diavolo come, di questo giorno memorabile.

Subito dopo sale sulla pedana un funzionario del Ministero degli Esteri e rievoca l'eroismo dimostrato da cileni e argentini nella battaglia ricordata con tanta emozione.

I discorsi sono laconici come da protocollo, e chiude la cerimonia una professoressa del quarto anno, indirizzo letterario, dell'Istituto Sarmiento, che con voce melliflua legge alcuni versi dal *Martín Fierro*.

Poi, in mezzo alle zampe dell'eroico cavallo, vengono deposti gli omaggi floreali e in un silenzio agghiacciante si ascoltano gli inni delle due nazioni. Vengono scambiate le ultime strette di mano, le auto ufficiali si allontanano precedute dalle sirene della polizia, il coro sale sull'autobus che lo riporta in caserma e gli scolari vanno al parco.

Il perspicace funzionario che ha riportato alla memoria del signor ministro questo fatto storico quasi dimenticato riceve una nota di merito sulla sua scheda personale e sicuramente sarà proposto per incarichi di maggiore responsabilità.

Nel frattempo, davanti a una casa di un quartiere popolare di Santiago, una famiglia ripete per la decima volta la cerimonia di issare la bandiera argentina, intonando l'inno ormai con la perizia di un coro polifonico, perché tutto dev'essere ben pronto a mezzogiorno, quando il fratello maggiore rientrerà dal suo viaggio a Mendoza, con jeans Kansas per tutti e un *long playing* di Gardel per il nonno.

PICCOLA BIOGRAFIA DI UN GRANDE DEL MONDO

«Non c'è motivo per cui le nostre storie di oggi debbano essere avvenute proprio ora.»

Günter Grass

Su questo treno che si avvicina attraversando le paludi, su questo treno che ancora non possiamo vedere, ma solo intuire nelle imprecazioni dei viaggiatori attaccati da nugoli di zanzare, su questo treno, come sempre, arriva la vita e la morte.

Lei lo sa, anche se con il suo atteggiamento ostinato e assente si rifiuta di accettarlo, lo sa, perché fu proprio lei a dar ordine di costruire questa ferrovia che ci ha portato la desolazione e che nel suo ventre d'acciaio ci ha fatto conoscere le disgrazie di altre latitudini.

E io le parlo, signor generale, io le dico questo, perché mi hanno incaricato d'intrattenerla in quest'ora afosa della siesta finché non arriva il treno, non si ferma, e i funzionari del governo non scendono con i documenti ufficiali che ci diranno se lei è un eroe o una canaglia. Ma lei non mi ascolta. Insiste a tenere gli occhi inchiodati su qualcosa per strada. Lei non mi ascolta e io so che sta guardando il pezzo di latta azzurra che indica il nome della via.

«Calle del Rey Don Pedro.» Re di dove? Si chiesero una volta gli amministratori di turno. La patria ha sempre avuto talmente tanti eroi in attesa negli archivi del dimenticatoio che dovendo battezzare una strada, per esempio questa stessa strada che inizia coi bordelli accanto alla stazione e finisce coi muri bianchi del carcere, sarebbe bastato prenderne uno a caso per far contenti tutti.

«Era un re castigliano, coglioni. Potete trovare il suo nome in qualsiasi edizione dell'almanacco Bristol.»

L'indicazione bastò, signor generale, perché i professori di storia si accalcassero ogni sera davanti all'ufficio postale aspettando le opere del cancelliere López de Ayala, del conte de la Roca, di Juan Antonio de Vera y Figueroa, libri coi quali pian piano ricostruirono la terribile biografia di un malvagio castigliano che non fu possibile insegnare agli alunni... Che seccatura, alla strada avevamo ormai dato il suo nome.

Con tutto il rispetto, signor generale, devo dire che lei mi fa un po' pena con la sua aria da uccello smarrito.

Quando le ho aperto la porta della cella perché le arrivasse un po' di luce diurna, lei è rimasto lì a guardarmi come se volesse trovare una risposta al perché di questo bugigattolo immondo in cui la teniamo rinchiuso. Sono sicuro che le ha ricordato un'altra stanzetta altrettanto buia e puzzolente di topi e di urina di animali notturni, un'altra stanza in cui la rinchiusero proprio il giorno in cui compiva quindici anni ed era stanco di vagare per le campagne mendicando un pezzetto di iucca per ingannare la fame.

La misero in quel posto buio, signor generale, dopo numerose recriminazioni per aver abbandonato agli uccelli rapaci il cadavere della sua santa madre. Quando le aprirono la porta, un uomo altezzoso le presentò in maniera cerimoniosa altri nove ragazzi che la guardavano diffidenti, che non riuscivano a credere all'elasticità dei suoi muscoli di contadino, e gridavano: guardate la scimmia! Guardate la scimmia!, ogni volta che lei si arrampicava sugli alberi di avocado del cortile per raccogliere i frutti migliori, i più esposti al sole. Erano «gli altri», signor generale. Quelli che dormivano nelle stanze fresche della casa grande, quelli che avevano le finestre debitamente protette dal ronzio dei tafani, quelli che riposavano nel sospiro bianco della zanzariera di tulle al riparo dalla sciagura delle *arenillas*, quei dannati insetti che la notte s'infilano tra i capelli e pizzicano perfino i buoni pensieri. A lei, invece, toccava dormire nella stanza umida che le avevano adibito accanto alle stalle, perché lei, signor generale, era un bastardo raccolto dal suo signor padre in un attacco di scrupoli di coscienza, simile a quello che ebbe quando, dopo averla picchiato lì dove l'aveva sorpreso, perso fra le tette della cuoca, l'abbracciò e, guardandola fisso negli occhi, le disse che era tutto per il suo bene. Anche quei colpi inferti con il frustino della sua superbia di cavaliere onnipotente, che le avevano ridotto le natiche tutto un livido, erano per il suo bene. Capiva che avvertisse il bisogno di usare i suoi attributi virili, ma non poteva assolutamente cominciare a farsi le femmine che lui aveva accolto in casa per i servizi domestici, e le disse anche che il fuoco dei primi anni bisogna saperlo moderare, perché, guarda me, per esempio, in un momento di fregola montai quella che poi sarebbe diventata la tua santa madre e senza volerlo la ingravidai. Devi imparare che le donne di campagna a volte restano incinte solo a guardarle, e non va bene mettersi a seminare figli per il mondo prima ancora di aver imparato a soffiarsi il naso.

E lei capì, signor generale. Capì, fra l'altro, che in questa vita ci sono abissi che è meglio ignorare. Capì che la sua capigliatura da mulo non avrebbe mai avuto la docilità delle chiome dei suoi fratellastri, che la sua pellaccia scura non avrebbe mai raggiunto l'opaco splendore dell'abbronzatura presa di tanto in tanto sui prati di casa. Capì che la sua pelle era destinata a diventare liscia come il cuoio di un tamburo e del colore che avrebbero voluto la pioggia e la fame che le sarebbe toccato sopportare. E soprattutto capì, nei rifiuti ilari delle domestiche, che prima dicevano no, no, e poi d'accordo, però all'ombra, eh?, che era bene avere ben strette tra le mani e nel sangue le redini di un piccolo potere che sarebbe andato crescendo col passare degli anni e con la saggezza delle sue future decisioni. Capì che questa vita è dei duri, signor generale. Di quelli che chinano il capo ogni volta che è possibile e nascondono le mani perché gli altri non si accorgano del rosario di rancori che lentamente va crescendo fra le loro dita.

Lei capì tutto questo, signor generale. E in quella stanza che puzzava di topi e di urina di animali notturni, lei aspettò pazientemente che il suo signor padre finisse di cenare, e quando uscì per la sua solita passeggiata digestiva in compagnia dei cani, lei lo raggiunse e con tutto il rispetto gli disse che voleva diventare un militare.

Credo le piaccia che io le parli, signor generale. E devo farlo, visto che mi hanno incaricato d'intrattenerla mentre aspettiamo il treno che ora attraversa le paludi. Il suo treno, signor generale, lo stesso treno che la Company ci portò dopo che lei si era incaricato di chiudere per sempre la bocca a tutti i banditi, i poeti e i maestri elementari che andavano in giro a dar fastidio, a dire in ogni villaggio che il banano era la merda verde che insozzava le tavole dei poveri.

Fumano ancora i roghi del ricordo, gli stessi su cui lei fece arrostire a fuoco lento tutti gli atei, i liberali, quelli che con discorsi da agitatori si opponevano al progresso della patria.

Così lei divenne un militare, e di quelli buoni. Buono a tal punto che una mattina cacciò via a calci tutti i civili che cospiravano contro gli interessi nazionali nel palazzo del governo, e disse che bisognava mettere ordine nella fogna, che si era visto costretto a indossare le vesti del potere e che sarebbe stato per poco tempo. E che tempi, signor generale. Tempi di festa in cui si emanavano solenni decreti accompagnati da fanfaronate patriottiche, che convocavano a elezioni democratiche, mentre le mani segrete del potere mettevano abilmente gli oggetti del patrimonio storico sotto il letto degli oppositori. Gli stessi che in seguito venivano defenestrati dal popolino, dalla marmaglia adeguatamente imbaldanzita nelle sue taverne, signor generale. Poveretti, gli oppositori. Venivano trascinati via e presi a calci fino allo sfinimento, ma sinché avevano fiato continuavano a

112

giurare di non saper nulla delle tela a olio dell'Immacolata Concezione comparse sotto la tovaglia della sala da pranzo nel corso di una perquisizione provocata dalla santa ira del popolo davanti a un saccheggio così empio degli altari patrii, perché tutto si può rubare, dannazione, tutto, meno l'onore nazionale, che non entra in nessun sacco, come dicevano gli implacabili pubblici ministeri della corte marziale, prima di chiedere la pena capitale per gli imputati esposti al pubblico ludibrio, e la confisca del loro patrimonio. Pena capitale che, però, non era altro che un suo macabro scherzo, signor generale, perché quel che avevano lasciato i cani, se lo erano già mangiato gli uccelli rapaci delle macchie di mango, e degli accusati non restava che il nome.

Lei si consolidò al potere e a noi non importava. Questo stesso treno che ora attraversa le paludi si incaricava di portarla alla testa del suo impeccabile esercito fino in territori selvaggi che non esistevano neppure nell'immaginazione dei cartografi. Il treno passava pieno di manovali e di spranghe di metallo che prolungavano il progresso e tornava carico di banane verdi e di uomini che, senza bisogno di alcuna musica, non smettevano di danzare il ballo di San Vito, impazziti per la febbre e per la malaria.

«Fin dove arriverà stavolta, signor generale?» le gridava il popolino concentrato alla stazione. E lei ci rispondeva: «Fino alla favolosa Città Perduta dei Cesari, dove le strade sono lastricate d'oro e il cielo costellato di smeraldi maturi che cadono quando soffiano i buoni venti dei cambiamenti astrologici. Tornerò con indosso l'armatura di Ponce de León. Vedrete allora, stronzi!»

Come ci parlava, signor generale, che roba. Dalla sua carrozza personale, accompagnato dai mister della Company, lei ci parlava e ci faceva sognare la ricchezza. Ci diceva che, non appena il treno fosse arrivato dall'altra parte della selva, ogni venerdì santo avremmo dovuto mangiare a turno il pesce dei due oceani. Ci raccontava che avremmo avuto dei pani così enormi da dover emanare immediatamente un decreto presidenziale per limitarne le dimensioni, in modo che potessero passare dalle porte delle case. A sentir lei avremmo avuto così tanto denaro che i trovatelli avrebbero estratto il numero del perdente alla lotteria. E noi l'applaudivamo, signor generale, finché il suo treno non scompariva ingoiato dalla selva.

Ricorda il giorno in cui il suo treno fece ritorno cigolando sgangheratamente e senza la compagnia dei mister? Il suo treno ci riempì le strade di soldati, che ci ammucchiarono come bestie in mezzo alla piazza d'armi perché lei ci dicesse che eravamo in guerra, che ormai la festa era finita e iniziava un periodo di cazzi amari.

In un batter d'occhio, lei ci sostituì il suono delle chitarre con un coro di grida strazianti che la imploravano, con le bocche annerite dall'odio e dalla polvere da sparo, «mi lasci morire una buona volta, signor generale, dannazione, guardi che l'obice mi ha portato via tutte e due le gambe, quella liberale e quella conservatrice, e ora non posso andare da nessuna parte. Guardi che sono fottuto, signor generale, mi tiri un colpo qui, in mezzo a questi occhi che si sono spenti molto prima di poter vedere il suo ritratto sui biglietti da cento pesos, mi conceda questo onore, signor generale.» E lei rispondeva: «Non far finta di essere ferito, stronzo, che chi ha mani può ancora palpeggiarsi la verga».

Così ci vestì tutti da soldati, signor generale, il suo treno fu corredato di una carrozza di chirurghi che, sega in mano, controllavano i moribondi e, in nome della patria, recuperavano le membra che giudicavano riutilizzabili. Il treno ci portava interi verso i campi della discordia, ma al ritorno non eravamo più sicuri di essere tutti d'un pezzo.

Il treno non ci sembrava più allegro. Le donne smisero di aspettarlo perché lei facesse da padrino al loro settimo figlio, come ai bei tempi, quando li prendeva in braccio senza curarsi se erano stati legittimamente concepiti fra lenzuola bianche, o se erano frutto degli eccessi del carnevale.

Ricorda quella mattina in cui il treno non si mosse e lei vi rimase chiuso dentro, schiaffeggiando gli ingegneri che le avevano fornito cartine false? Quello fu il giorno in cui ci svegliammo assediati.

Non ci restava altra scelta che invocare la fortuna perché ci togliesse da quella brutta situazione. E lo facemmo, eccome! Distruggemmo selve e piantagioni con fuoco e fiamme. Distruggemmo i campi verdi di frumento e i bananeti di miele, i boschi di eucaliptus per i tisici e i pascoli delle mucche dei potenti. Distruggemmo tutto. Le fiamme si potevano scorgere da entrambi gli oceani e il fumo tinse di nero le facce stronze degli angioletti di quel cielo stronzo che ci aveva abbandonato. Distruggemmo tutto con il sacro fuoco del patriottismo e seminammo quadrifogli in ogni campo. Cacciammo tutti i conigli e tagliammo loro le quattro zampe fino a lasciare soltanto milioni di palline pelose e sanguinanti che correvano ritte sulle orecchie perché le truppe del signor generale avessero non una, ma quattro zampe portafortuna appese al collo. Distribuimmo gli scapolari ufficiali del potere, che avevano immagini di tutti i santi riportati nell'almanacco Bristol. Scapolari enormi che i più eretici usavano come coperte, per ripararsi quando le febbri tropicali entravano loro nelle viscere. In quello stesso periodo, lei, signor generale, seduto sulla poltrona del comando, emanò in qualità di presidente un decreto bellico che dichiarava cittadini della buona stella tutti i gobbi presenti sul territorio nazionale, con pensione vitalizia commisurata alle dimensioni della gobba, e contemporaneamente sancì l'espulsione immediata dal paese di ogni straniero che non fosse gobbo. In poco tempo ci vedemmo invasi dalla più grande immigrazione di gobbi provenienti da tutte le latitudini del sestante, invasione che crebbe con l'arrivo di migliaia di storpi quando lei, signor generale, in qualità di presidente, dette ordine, attraverso un nuovo decreto bellico, che diventassero cittadini della buona stella anche i monchi che avevano alzato le mani contro i loro amati genitori, gli zoppi che avevano preso una cattiva strada, i ciechi che cantano vita mia non mi lasciare accompagnandosi con vecchie fisarmoniche e che avevano guardato oltre il lecito nelle Sacre Scritture, quelli privi di orecchie per aver ascoltato bugie, gli zingari, i gemelli attaccati per la schiena e figli di cugini che abitavano in case contigue, i settimini figli di padri ignoti che avevano amato troppo in fretta, e le donne tristi con nubi galattiche negli occhi per aver sospirato guardando il cielo durante le feste da rispettare.

Vennero, signor generale. Vennero a migliaia gli storpi. Ne vennero così tanti che la repubblica assediata si trasformò in un gigantesco dispensario di orrori in grado di attirare la fortuna. Un regno di orrori e di mutilazioni. Un luogo dove essere intero costituiva un flagrante delitto di alto tradimento. Un angolo del mondo dove le musiche si ballavano così fuori tempo che i musicisti s'impiccavano con le corde dei loro violini.

E la fortuna ci ascoltò, signor generale. Fu quando eravamo ormai disperati contemplando gli inqualificabili errori che commetteva Yamilet, la bambina miracolosa di Talagante del Sur, la quale fece sì che un cieco non recuperasse la vista, ma che in cambio acquistasse una velocità prodigiosa nelle gambe e morisse in seguito all'urto contro una pietra che non poteva vedere, e ottenne che uno zoppo non camminasse diritto, ma che potesse scorgere cosa accadeva dietro l'orizzonte e morisse investito dal suo treno militare mentre contemplava felice un trapezista che attraversava le cascate del Niagara camminando su una corda con gli occhi bendati. Proprio in quegli istanti di sconforto comparve lei, signor generale, accompagnato di nuovo dai mister della Company, e ci disse che bisognava lavorare, dannazione, che era ora di finirla con le feste, non si poteva essere così sfaticati, dovevamo tornare nelle piantagioni di banane e denunciare immediatamente i provocatori, i quali andavano in giro a raccontare la storia che eravamo stati in guerra.

Così, signor generale, tutte quelle stragi furono esiliate dai ricordi più recenti per opera degli storici ufficiali, scrivani in frac che facevano sparire le registrazioni parrocchiali, perciò di quale dannato morto mi stai parlando, donna? Se non è mai nato, difficilmente potrà essere crepato, ti pare?, sono chiacchiere che s'inventano i traditori della patria, dannazione, guarda cosa vanno a pensare. E a lei, signor generale, non importava dei baracconi colmi di cadaveri che aspettavano il treno per l'inferno, né delle maledizioni delle vedove che giuravano di aver sepolto i mariti con un paio di gambe prestate, che forse avrebbero fatto loro comodo per ballare il sanjuanito, ma che scalpitavano in modo spaventoso nelle notti senza luna, o con un occhio azzurro da marinaio che stava loro benissimo, ma che non smetteva di sbattere le palpebre a forza di ricordare.

Pian piano il tempo passò, signor generale. A volte la vedemmo attraversare le piantagioni di banane a bordo della carrozza ufficiale. In seguito, ci dissero che girava il Nord organizzando rivolte, dal momento che quei furbacchioni di civili l'avevano cacciata a calci dal palazzo del governo. Poi arrivarono con il suo solito ritratto, quello con la fascia da presidente di traverso sul petto, ma la settimana successiva le guardie lo strapparono via da tutti gli uffici pubblici, lamentandosi perché la carta era così pesante che non serviva neppure per pulirsi il culo, e per finire ieri è arrivato lei, signor generale, senza tutta quella splendida autorità di altri tempi, puzzolente di urina e di sudore di mule.

A quest'ora il suo treno, signor generale, deve aver ormai attraversato le paludi. Si vede già che il villaggio si sta risvegliando dalla siesta. Io non dormo, signor generale. Sono vecchio, come lei, e conservo il mio sonno per la lunga notte della morte. Per questo mi hanno incaricato di tenerle

117

compagnia e d'intrattenerla. Mi hanno anche detto di stare attento, questo sì, molto attento. Ed eccomi qua a parlarle, mentre lei fa finta di non ascoltare e continua a tenere gli occhi fissi sul pezzo di latta azzurra con il nome della strada. Posso continuare a parlarle. La mia missione è d'intrattenerla finché non arriva il treno, ma lei, signor generale, mi stia lì buono buono, perché guardi che ho lo schioppo pronto, e se fa lo spavaldo, con tutto il rispetto, signor generale, io la stecchisco.

Ormai manca poco. Vedrà che a minuti il treno sarà qui e scenderanno i funzionari con i documenti ufficiali, quelli che ci diranno se lei è ancora un eroe o se, al contrario, negli ultimi tempi è diventato una canaglia.

IL BIBLIOTECARIO

Io sono Itzahuaxatin, colui che veglia sui ricordi e sulle domande, sulle ragioni e sui dubbi.

Ho lavorato senza posa, senza far caso all'appello della stanchezza, al mormorio delle ossa, al canto degli uccelli rinchiusi dal mio signore Tecayehuatzin in gabbie d'oro e di splendide pietre preziose per decretare l'inizio e la fine delle giornate.

Ho dimenticato la luce e le ombre. Ho trasgredito al mandato degli dei del sonno, gli dei minori, per trasferire i ricordi, le domande e le risposte che, una volta udite, si moltiplicano nel cuore degli uomini e nell'opera di coloro che le stampano in vari colori su pelli e teli di iuta.

Ho camminato senza posa. Ho consumato le mie vesti, e vado in giro così, coperto a stento dalla pelle di leopardo concessami dal mio rango di conservatore della memoria del regno di Huexotingo, nella chiara valle di Tlaxcala. Aspetto invano la voce che mi fermi. Dev'essere vero che gli dei ci hanno abbandonato. Montezuma fu il primo e per questo fu lapidato come una donna malvagia.

Poco fa, dopo uno dei miei viaggi, ho aperto le gabbie perché gli uccelli conoscessero la felicità del volo, ma erano tutti morti, asfissiati dal fumo che sale da Huexotingo. La città arde fra lamenti che ho preferito ignorare perché la compassione non mi distragga dal mio compito.

Durante ciascuno dei miei viaggi, porto tutto quanto mi permettono le mie misere forze di vecchio, e mi vergogno a

119

riconoscere che non è molto. Ho braccia esili. Furono altre le mie guerre, e come vorrei avere i muscoli di un guerriero azteco, il vigore a cui tante volte ho assistito quando attaccavano la città cercando vittime per i loro sacrifici.

Dopo gli assalti, il mio signore Tecayehuatzin piangeva inconsolabile per vari giorni, e neppure le concubine più sollecite riuscivano a placare il suo pianto. Allora mi chiamava. Chiamava me, Itzahuaxatin, perché cercassi tra le pagine il balsamo dei poeti. Talora gli leggevo: «Sono forse veri gli uomini? Non sono un'invenzione del nostro canto?» E a volte le parole riuscivano a rasserenarlo, il suo respiro tornava tranquillo e il pianto cedeva giustamente il posto all'ira.

«Una verità», mi ordinava.

E io la cercavo tra le migliaia di fogli sciolti dettati dai poeti riuniti sotto la protezione del mio signore Tecaye-huatzin per dire verità immortali, che consolassero il cuore più afflitto, gli spiriti coperti di piaghe che si avvicinavano a Huexotingo, la città della musica e della poesia. E leggevo: «Sappiamo che è vero solo il cuore dei nostri amici. Sappiamo che è vero solo il mandato dei sogni».

Il mio signore assentiva in silenzio e, senza aprire gli occhi, con la nobile testa china sul petto, tendeva un braccio indicando il luogo dove si sarebbe innalzato il nuovo edificio per cancellare l'orrore della tragedia.

Ora faccio una pausa. Appoggio la schiena a un muro di alabastro e sento giungere ai miei sensi il ripugnante odore della carne bruciata e del corallo in cenere.

In questo stesso posto in cui sto riposando il mio signore fece il sogno che mi muove. Fu una sera in cui una brezza calda saliva dalla valle. Dopo aver sentito i poeti parlare delle fatalità, il mio signore ebbe un sogno inquieto, forse causato dai discorsi di Axahuantazol, il poeta cieco: «La più grande disgrazia è che finiscano le parole e l'albero rimanga orfano di suoni, senza nessuno che possa annunciare il sapore dei suoi frutti, i colori delle sue foglie, la frescura della sua ombra». Così parlò il cieco, e gli altri poeti si ritirarono in dolorosa meditazione. Il mio signore cadde in un sonno profondo. Dopo poco si svegliò angosciato e tornò a convocarli:

«Mi ha parlato un quetzal dal corpo vuoto. Lo sosteneva Tlazaltéol, la dea dell'amore, colei che mangia i nostri escrementi perché possiamo amare. La dea aveva la bocca piena delle viscere dell'uccello. Non poteva parlare, così ha ordinato al quetzal di farlo. Questo ha spiccato il volo, si è lanciato su di me in picchiata e col suo becco mi ha strappato il cuore. Subito dopo mi ha costretto a seguirlo fino a una fossa profonda. Lì l'ha fatto cadere e anche lui è caduto morto».

I poeti discussero e alla fine lasciarono che Axahuantazol interpretasse il sogno.

«Tlazaltéol ha svuotato il corpo del quetzal perché ti amasse, ma l'uccello si è impadronito del tuo cuore senza dolcezza. Gli dei ci tradiscono, ma il quetzal ti ha guidato in un luogo dove il tuo cuore riposa in salvo dalle bestie rapaci ed è custodito dall'uccello più nobile. E che cosa è il tuo cuore, Tecayehuatzin, signore di Huexotingo?»

Alle parole del poeta cieco seguì una febbrile attività. In un punto segreto del palazzo dei ricordi e delle domande, delle ragioni e dei dubbi, delle verità e delle fatalità, gli schiavi iniziarono a scavare una galleria che conduce ai piedi della montagna. Là fu preparata la grande sala per conservarvi in ordine i fogli sciolti, le pelli colorate, le tele di iuta.

Quando la stanza fu terminata, i pugnali di ossidiana squarciarono i petti degli schiavi costruttori e svuotarono le orbite degli architetti. Il loro sangue formò la malta delle trappole incaricate di sbarrarla.

Devo continuare. I muscoli si afflosciano, le ossa si lamentano, le gambe non obbediscono, insistono a salire scalini quando sono già arrivato in piano. Ma devo continuare.

Trasferisco il cuore del mio signore Tecayehuatzin fin nelle profondità indicateegli dal quetzal. Mi sono caricato di infinite verità, domande, ragioni. Ho trasportato le motivazioni del serpente che ingoia il mare, la dettagliata descrizione di un lavaggio oculare, la genesi circolare degli dei, le domande che generano insonnia, le verità che portano al delirio, la descrizione dell'uccello della felicità il cui volo si può contemplare un'unica volta, le dimensioni del buio, la meccanica che permette all'orizzonte di piazzarsi alle spalle degli uomini quando voltano la testa, e mi manca ancora tanto! Ma devo andare avanti, devo continuare, finché le pietre libere degli scaffali non mi indichino che sto intraprendendo l'ultimo viaggio.

Il mio signore Tecayehuatzin è morto. Sono morti i poeti e i musicisti, i saggi e gli architetti, le donne e gli eunuchi. Sono morti i bambini e gli uccelli.

Dopo il sogno del mio signore, venimmo a sapere che gli stranieri avevano scoperto l'entrata della valle di Tlaxcala. Gli stessi che avevano causato l'umiliazione di Montezuma. «Hanno un solo dio», dissero gli emissari atterriti. Cosa potevamo fare per opporci a coloro che vivono nella barbarie di adorare un unico dio? E quante divinità ha ucciso quel dio per essere il solo reggente? Capimmo la paura dei nostri dei, che ci avevano abbandonato nella loro fuga, e le braccia agirono sicure raccogliendo legno, stoffe, tutto quanto è infiammabile, e altrettanto sicure agirono le torce moltiplicando il fuoco negli edifici, e non meno sicure furono anche le pozioni d'addio preparate dai saggi.

Arse Huexotingo. I palazzi sono crollati fra lamenti di pietra e i coralli sono ora cenere di mare. Sono morti tutti. Meno io. Sono morti tutti. Nessuno di noi si umilierà davanti a esseri inferiori.

Devo andare avanti, devo continuare a trasportare i pochi fogli che rimangono sui leggii, perché io sono Itzahua-xatin, il custode della memoria e del tempo, colui che quando giudicherà concluso il suo lavoro, dovrà fermarsi all'ingresso della galleria che conduce al cuore di Tecayehuatzin, signore di Huexotingo e di Tlaxcala, e si conficcherà un acuminato stiletto d'oro in mezzo al petto per poi lasciarlo lì, immobile, come un'ambita appendice del suo corpo. Strano gioiello che contemplerò mentre mi imprigiono le mani negli anelli di ferro che spuntano dai pilastri...

Quando verranno gli stranieri a saccheggiare questo luogo senza età e tenteranno di rimuovere il mio corpo, sia pure per l'impercettibile spazio di un filo, conosceranno l'arte dei nostri architetti, quelli che hanno calcolato il peso del mio cadavere, e tutto crollerà come se non fosse mai esistito, e le mie ossa stanche saranno le fondamenta dell'eternità del mio signore, del mio popolo, e di tutte le parole che sono state dette e di quelle che non saranno mai ripetute.

III
IMPREVISTI

CAMBIO DI ROTTA

Martedì 17 maggio 1980 il treno Antofagasta-Oruro lasciò la stazione cilena iniziando il consueto viaggio. Il convoglio era formato da un vagone postale, uno merci, e da due carrozze passeggeri rispettivamente di prima e di seconda classe.

C'erano pochissimi viaggiatori, e la maggior parte di loro scese a Calama, a metà del lungo cammino per la frontiera con la Bolivia. Quelli rimasti, quattro sul vagone di prima classe e otto su quello di seconda, si disposero a dormire distesi sui sedili, piacevolmente cullati dal dondolio del treno che con faticosa lentezza si sarebbe inerpicato fino a più di tremila metri raggiungendo le pendici del vulcano Ollagüe e il villaggio omonimo.

Là i passeggeri che desideravano proseguire il viaggio fino a Oruro dovevano prendere un treno boliviano, mentre l'espresso Antofagasta-Oruro avrebbe proseguito per un altro centinaio di chilometri in territorio cileno per poi fermarsi a Ujina, fine del viaggio. Perché mai l'espresso si chiamasse Antofagasta-Oruro, e non semplicemente Antofagasta-Ujina, è una storia che nessuno ha mai capito e che è rimasta ancora insoluta.

Era un viaggio noioso. La pampa del salnitro è morta da troppo tempo e i villaggi abbandonati anche dai fantasmi dei minatori non offrivano alcun spettacolo degno di nota. Apparivano noiosi perfino i guanachi, che a volte languivano di noia mentre guardavano passare il treno con espressione idiota. Dopo averne visto uno, li avevi visti tutti.

Di modo che dormire della grossa, una volta esaurite le bottiglie di vino e la conversazione, costituiva la migliore prospettiva del viaggio.

Nel vagone di prima classe viaggiavano una coppia di sposini novelli che desideravano conoscere la Bolivia – avevano intenzione di arrivare fino a Tiahuanaco –, un commerciante di biancheria con affari da sbrigare a Oruro, e un giovane che seguiva un corso da parrucchiere e aveva vinto il biglietto di andata e ritorno per Ujina in un concorso radiofonico. Il futuro parrucchiere viaggiava non molto convinto del fatto che un simile premio ricompensasse adeguatamente l'aver risposto bene a tutte e venti le domande del concorso «Lei e il cinema».

Nel vagone di seconda cercavano di dormire: un pugile di categoria welter che tre giorni dopo avrebbe dovuto affrontare a Oruro il campione boliviano dilettanti della stessa categoria, il suo *manager*, il massaggiatore e cinque suorine carmelitane. Le monache non facevano parte della delegazione sportiva e si sarebbero fermate a Ollagüe per degli esercizi di ritiro spirituale.

Il treno aveva due macchinisti, l'addetto al vagone postale e un controllore.

La locomotiva diesel trainava il convoglio senza contrattempi. Erano trascorse diciotto ore di viaggio da quando avevano lasciato Antofagasta e stavano costeggiando le prime alture che fanno la guardia al vulcano San Pedro e i suoi quasi seimila metri d'altezza. Più o meno altre cinque ore di viaggio e sarebbero arrivati a Ollagüe mettendo in allarme i pipistrelli dei campanili.

Il macchinista ai comandi vide apparire improvvisamente un banco di nebbia e non gli dette importanza. Anche i banchi di nebbia erano dettagli di routine, ma, non si sa mai, diminuì la velocità. L'altro macchinista dormicchiava seduto. Percepì la manovra e aprì gli occhi.

«Che succede? Di nuovo i guanachi?»

«Nebbia. Molto fitta.»

«Dacci dentro lo stesso.»

La locomotiva entrò sfrecciando nel banco e il macchinista notò qualcosa d'insolito. Il raggio di luce del fanale non perforava la nebbia. Vi si delineava sopra rotondo, come proiettato contro un umido muro grigio. Istintivamente diminuì la velocità al minimo e il suo compagno tornò ad aprire gli occhi.

«Che succede?»

«La nebbia. Non si vede niente. Non ho mai visto una nebbia così fitta.»

«È vero. Sarà meglio fermare la macchina.»

Così fecero. Il treno indietreggiò di qualche centimetro e poi rimase immobile.

Il macchinista ai comandi aprì un finestrino e s'affacciò cercando di scorgere il fascio di luce, ma non vide i potenti raggi luminosi del fanale. In realtà, non vide assolutamente nulla, e allarmato rinfilò dentro la testa. Anche quando guardò davanti non riuscì a scorgere il faro acceso.

«Merda. Si è bruciata la lampadina.»

«Diavolo. Andiamo a cambiarla.»

Presero una lampadina nuova e uscirono sulla passerella portando con sé una cassetta degli attrezzi. Tutti e due gli uomini avevano delle torce. Il primo a uscire fece due passi e si fermò. Pensò che la torcia non funzionasse, ma girandola verso l'alto, vide che era accesa. La luce non riusciva a trapassare la nebbia, si proiettava solo a un paio di millimetri dal vetro e lì si spegneva.

«Collega, sei lì?»

«Sì, dietro di te. Ma non ti vedo.»

«Mi sta venendo strizza. Dammi la mano.»

Tastarono nell'oscurità assoluta, si presero per mano, e tenendosi attaccati alla ringhiera della passerella, avanzarono fino al fanale. Era acceso. Quando passavano la mano sul vetro che proteggeva il potente fascio di luce, questa diventava trasparente, ma i raggi non riuscivano a penetrare neppure un centimetro nella nebbia.

«Torniamo indietro. L'unica cosa è aspettare.»

Una volta nella cabina di comando, l'aiuto macchinista girò le manopole della radio per comunicare la sosta e il possibile ritardo alla stazione di Ollagüe.

«Merda! Merda!»

«E ora che c'è?»

«La radio. È morta. Non funziona.»

«Non ci mancava che questo. Cosa facciamo?»

«Aspettiamo. E con pazienza.»

Le ore iniziarono a scorrere lente, come in tutte le situazioni d'incertezza. Arrivarono le quattro del mattino, le sei, l'ora prevista per raggiungere Ollagüe, le sette, e trascorsero ventiquattr'ore da quando avevano lasciato Antofagasta. La nebbia era ancora la stessa. Fitta a tal punto da impedire il passaggio della luce diurna, la lacerante luminosità dell'alba andina.

«Bisogna parlare coi passeggeri.»

«D'accordo. Ma andiamo insieme.»

Tenendosi per mano i due macchinisti scesero dalla locomotiva e camminando rasenti al treno, arrivarono al vagone postale. L'addetto fu contento di sentirli e li seguì nella carrozza di prima classe.

Salirono. Il controllore, che stava diventando rauco a forza di dare spiegazioni al commerciante di biancheria, li accolse con sollievo.

«Fino a quando rimarremo fermi qui? A Oruro mi stanno aspettando affari importanti», dichiarò l'uomo.

«Non si è affacciato al finestrino? Non vede la nebbia che c'è fuori?» rispose uno dei macchinisti.

«E allora? I binari sono sempre per terra», ribatté il commerciante.

«Sia ragionevole. I macchinisti sanno quello che fanno», intervenne la sposina.

«Collega, va' a cercare i passeggeri di seconda. È meglio che stiano tutti assieme.»

L'interpellato passò nell'altro vagone, e i primi a comparire furono il pugile e i suoi tecnici. Il boxeur tenne aperta la porta perché entrassero le monache.

Dopo una breve discussione, nella quale i novelli sposi e il futuro parrucchiere si rivelarono gli unici del gruppo dotati di pazienza, s'accordarono sulla strategia da seguire.

Secondo i calcoli dei macchinisti si trovavano molto vicino al vulcano San Pedro, in un tratto di curve strette che sconsigliavano di muovere il treno in mezzo a quella nebbia, ma era sempre possibile che il banco non fosse troppo esteso. Forse terminava dietro la prima curva, e in tal caso erano pronti a riprendere la marcia. Ma bisognava esserne sicuri e pertanto un volontario doveva accompagnare uno dei macchinisti nella camminata esplorativa lungo i binari. Il pugile si offrì immediatamente spiegando che un po' di movimento gli avrebbe fatto molto bene.

Per non vedersi obbligati a camminare mano nella mano, il boxeur e l'aiuto macchinista si legarono alla vita con una corda, come gli alpinisti, e iniziarono la marcia. Non appena ebbero fatto un passo, i viaggiatori affacciati allo sportello li persero di vista. Ma l'assenza non durò troppo a lungo. Trascinando il pugile, che non capiva la decisione di rientrare, l'aiuto macchinista tornò dal gruppo.

«Siamo su un ponte», disse il ferroviere.

«Cosa? Ma se non c'è un solo ponte in tutto il tragitto» ribatté l'altro.

«Lo so bene quanto te. Ma ora siamo sopra un ponte. Vieni con me.»

Sciolsero il pugile e i due macchinisti si unirono con la corda.

Gli uomini non si vedevano l'un l'altro. L'umidità della nebbia rendeva sgradevole respirare.

«Cammina sulle traversine. Facciamo due passi. Ecco. Ora cerca di appoggiare il piede in mezzo alle traversine.»

131

L'altro ferroviere fu sul punto di perdere l'equilibrio. Il piede attraversò la nebbia senza incontrare resistenza.

«Puttana. È vero. Dove ci troviamo?»

«Hai qualcosa di pesante? Voglio sapere se sotto c'è dell'acqua.»

«Ho capito. Attento. Butto giù la torcia.»

Aspettarono trattenendo il respiro finché poterono, ma non sentirono il rumore che aspettavano. Non sentirono alcun rumore.

«Be', sembra che sia alto. Dove ci troviamo?»

Tornarono al vagone e i loro volti perplessi fecero ammutolire i passeggeri.

Le suore distribuirono l'ultimo caffè rimasto nei loro thermos, il commerciante di biancheria controllò la sua agenda, i novelli sposi si presero per mano, il pugile iniziò a passeggiare nervoso da una parte all'altra del vagone mentre il *manager* giocava a dama con il massaggiatore, e il futuro parrucchiere tirò timidamente fuori dalla borsa una radiolina transistor.

«Buona idea! Forse ci sono le previsioni del tempo. Sono le sette del mattino ed è l'ora del notiziario», esclamò uno dei macchinisti.

Si accalcarono intorno al ragazzo e, in effetti, ascoltarono il notiziario, prima con incredulità, poi con inquietudine, e infine con rassegnazione davanti all'evidenza.

Il giornalista parlò del tragico deragliamento del treno Antofagasta-Oruro avvenuto la notte precedente, nelle vicinanze del vulcano San Pedro Il convoglio, a quanto pareva per un guasto all'impianto dei freni, era uscito dai binari e caduto in un precipizio. Non c'erano sopravvissuti, e fra le vittime si trovava il noto atleta...

Si guardarono a vicenda in silenzio. Nessuno avrebbe portato a termine i suoi progetti né sarebbe arrivato in tempo agli appuntamenti fissati. Un altro invito imperscrutabile ed estraneo al trascorrere del tempo li chiamava a passare di là dal ponte, quando si fosse alzata la nebbia.

UNA CASA A SANTIAGO

«Strinsi fortissimo gli occhi per trattenerla, per conservarla dentro di
me, e poi li spalancai bene per presentarmi di nuovo al mondo.»
Osvaldo Soriano, *L'ora senz'ombra*

Accadde tutto molto in fretta perché la furia del cielo è fatta così. Si ruppe qualcosa nell'aria, le nubi sfogarono la loro violenza, e nel giro di pochi secondi ero bagnato fradicio in mezzo al viale. Allora mi misi a correre cercando un posto dove ripararmi, pensavo di andare alla libreria El Cóndor, l'unica libreria latinoamericana di Zurigo, sicuro che lì sarei stato accolto dal calore di María Moretti, che si sarebbe precipitata a togliermi l'impermeabile e a offrirmi una tazza di caffè mentre mi asciugava la testa con una salvietta, ma il temporale si fece ancora più violento e non mi rimase altra scelta che adottare l'atteggiamento da polli disperati tipico di tutti i pedoni sorpresi da un acquazzone.

Allora, dietro una cortina d'acqua, vidi il cartello attaccato a una porta a vetri:

MOSTRA FOTOGRAFICA DI C.G. HUDSON
FACCIATE DI CASE

Entrai solo perché costretto dal temporale, e mentre spingevo la porta stretta pensai alla quantità di volte che ero passato da quella strada senza accorgermi dell'esistenza della galleria; il fatto però, non mi inquietò granché: a Zurigo, come in tutto il resto del mondo, vengono continuamente aperte e chiuse gallerie d'arte.

Le foto erano appese in una sala bianca, l'illuminazione era ottima, e io ero l'unico visitatore.

Su un tavolo, i cataloghi stampati con sobrietà esponevano la breve vita del fotografo:

C.G. Hudson. Londra, 1947-1985. Mostre personali a Dublino, New York, Parigi, Toronto, Barcellona, Amburgo, Buenos Aires...

A prima vista, le foto mi parvero buone, anche se questo apprezzamento non significa nulla. Sappiamo che il piacere o il benessere offerti da un'opera d'arte provengono da stati d'animo solo casualmente convergenti.

La prima foto mostrava il portale di una casa veneziana in Campo della Maddalena. I colori erano vivaci, invitavano a palpare la consistenza della pietra e la ruvidezza del legno. Poi c'era l'ingresso di un palazzo patrizio della Maria Hilfe Strasse, a Vienna. Seguivano un cancello arrugginito con dietro seminascosta la facciata di una villa romana, la sagoma bianca e irreale di una casa a Creta (Aggios Nikolaos), e la pietra superba e amorosa di una masseria catalana (Palau de Santa Eulalia). All'improvviso, fra la masseria e uno stretto edificio della via degli orologiai a Basilea, la malconcia porta verde con la mano di bronzo che impugnava una sfera.

Mi avvicinai sentendo che la tristezza mi modellava sul volto una maschera odiosa. I miei passi mi portavano, non alla fotografia di un posto o di un oggetto noto, ma a una porta i cui segreti interni mi aspettavano avvolti dall'inclemenza degli anni passati, dalla beffa del tempo.

Era la casa. Riconobbi il numero venti scritto in un ovale di latta azzurra. Ai piedi della foto c'era la didascalia che dissipò ogni possibile dubbio: *Casa di Santiago. Calle Ricantén.*

Un freddo inedito mi fece tremare le gambe, e un sudore ancora più gelido mi scese lungo la spina dorsale. Volevo sedermi, ma non sapendo dove farlo, decisi di togliermi l'impermeabile bagnato e di posarlo per terra, accanto al tavolo dei cataloghi.

C.G. Hudson. Londra, 1947-1985...

Il fotografo era morto da pochissimi anni e io sentivo l'imperiosa necessità di parlare con qualcuno, con un impiegato, con il direttore della galleria, con qualsiasi persona che mi fornisse informazioni su di lui, e soprattutto che mi aiutasse a scoprire quando aveva scattato quella foto.

Vidi una porta che supposi conducesse nell'ufficio del responsabile, bussai e, non ottenendo risposta, girai la maniglia e spinsi piano. Dall'altra parte, in una stanza piena zeppa di manifesti e di arnesi per le pulizie, una donna nascose con vergogna il suo thermos di caffè.

«Mi scusi, non volevo allarmarla. Può dirmi a che ora arriva il direttore della mostra? Sono un giornalista e vorrei fargli qualche domanda...»

Mi rispose che il proprietario della galleria di solito veniva nel pomeriggio, una mezz'ora prima della chiusura, che lei si occupava delle pulizie e stava semplicemente aspettando che si calmasse l'acquazzone.

Lasciai la donna e tornai alla foto. Visto che non c'era nessun altro nella sala mi azzardai ad accendere una sigaretta. Il tabacco riuscì a tranquillizzarmi. Non tremavo più, ma l'imminente chiusura di un cerchio che credevo felicemente dimenticato mi fece sentire depresso.

Era la casa. E fra di noi, il tempo e qualcos'altro.

Il giallo sbiadito del muro, il verde aggressivo, militare, della porta, e la rigida mano di bronzo con in pugno una sfera erano macchie vergognose nell'estetica degli altri portali fotografati, ma quella bruttezza intenzionale mi riportò a un profumo di piastrelle lavate che ormai non abitava quasi più la mia memoria, perché l'alchimia della felicità dipende dalla mescolanza con giuste dosi di oblio.

Era un pomeriggio d'estate quando varcai la soglia di quella casa. Questa è l'unica certezza che mi resta. Lo ricordo. Mi accompagnavano Tino e Beto. Eravamo il trio inseparabile, i divoratori di controfiletti e dell'alba, i bevitori novelli dell'amore e del vino rosso secco e aspro delle peggiori taverne, gli ingenui signori del ballo e della notte.

Ogni fine settimana era per noi una questione d'onore venire invitati a un ballo, a una festa, a un qualche movimento, e magari poter contare anche su un trio di nuove amiche per trascorrere con loro lunghe ore di musica e di parole sussurrate all'orecchio.

I migliori programmi li proponeva quasi sempre Beto. Il suo lavoro come lettore di contatori della società elettrica gli dava modo di conoscere molta gente, e così ci procurava inviti a battesimi, compleanni, nozze d'argento e altre feste familiari.

Beto... e mi dica, le dispiace se vengo con un paio di amici? Sono due ragazzi molto seri, di buona famiglia, e siamo come fratelli, sa?, come i tre moschettieri, uno per tutti e tutti per divertirci. Sono dei bravissimi ragazzi.

Accadde un sabato d'estate. Santiago sapeva di acacie, di giardini appena innaffiati, di piastrelle lavate con la sistola che richiamavano la frescura dei crepuscoli di quella «città circondata da simboli d'inverno», e noi sapevamo di brillantina e degli spruzzi di lavanda inglese che profumavano i nostri fazzoletti, perché, come spiegava Tino, le donne chiedono continuamente fazzoletti.

Tino... ma occhio, amici. Educati, sempre. Gentili, anche, ma senza innamorarsi. Solo i babbei si lasciano prendere in trappola, e se non mi credete, guardate il Mañungo. Prima ci accompagnava sempre da tutte le parti, ma poi si è fatto incastrare, quel gran coglione, e ora va in giro a puntare la carne come un gatto...

No. Non ci innamoravamo. Quella era una curva pericolosa che evitavamo con tutta la nostra forza di volontà, perché se uno fosse arrivato a farlo, allora si sarebbe rotta l'unità del gruppo. E di donne ce ne sono tante, di amici invece...

Un sabato, un'estate, Beto e Tino.

«Betofen, dove è la cosa, Betofen?»

«In calle Ricantén, e promette bene.»

«Ragazze?»

«Ne ho viste due che sono da leccarsi i baffi.»

«Mi fai il nodo alla cravatta, Betofen?»

«Agli ordini. Ma Tino, puzzi di benzina bianca! Ti puliscono ancora i pantaloni con la benzina bianca? Già, sono di cashmire. Tutta questa roba è antidiluviana, vecchio mio. Devi usare vestiti di tessuto sintetico. Il sintetico si lava ed è sempre impeccabile, come appena stirato.»

«Sì, Betofen. Poliestere. Ci muoviamo?»

Lungo la strada ci rifornimmo di sigarette, Liberty per noi e Frescos per la ragazze, che all'epoca le preferivano mentolate. Comprammo anche la solita bottiglia di pisco per i padroni di casa, onorevole biglietto da visita che evitava fossimo inclusi nella lista degli scrocconi.

Ricantén, numero venti. La porta era verde militare. La incorniciava uno scrostato muro giallo e, nella parte superiore, aveva una mano di bronzo con in pugno una sfera.

Beto fece le presentazioni di rigore, ci lasciammo viziare con dei bicchierini di punch lodando la mano della padrona di casa, esaminammo i presenti e, in pochi minuti, eravamo già i boss del ballo. Luis Dimas, Palito Ortega, i Ramblers, Leo Dan. E applaudivamo i vecchi quando si lanciavano in un pasodoble o in un tango.

A mezzanotte in punto, la composizione delle coppie era ormai decisa: Beto con Amalia, che non aveva mollato un attimo, e Tino con Sarita, una ragazza con gli occhiali che gli traduceva sottovoce i testi delle canzoni in inglese. Io li invidiavo, stufo di ballare con audaci ragazzine in calzettoni o con la padrona di casa, e mi stavo già rassegnando a essere il perdente di turno.

Secondo il regolamento del gruppo, lo sfigato era condannato a offrire agli altri una porzione di controfiletto e una birra alla Fuente Alemana. Facevo il conto dei soldi che avevo in tasca quando all'improvviso apparve Isabel, scusandosi per il ritardo.

Non appena la vidi rimasi senza fiato. Non ho più rivisto degli occhi come i suoi, e non so se ho motivo di rallegrarmene. Più che guardare, sembravano attrarre, risucchiare la luce di tutto quanto percorrevano, alimentando le sue pupille di uno splendore umido e misterioso.

«Balliamo?» la invitai.

«Ancora no. Ci sediamo un attimo?»

Sul divano non mi toglieva gli occhi di dosso. Sembrava studiare e valutare le mie reazioni prima di acconsentire a un maggiore avvicinamento. Io mi sentivo un idiota. Non voleva uscirmi di bocca nemmeno il classico «studi o lavori?», e alla fine, il colmo dell'originalità, le chiesi se per caso sapeva ballare.

La luce nei suoi occhi crebbe. Senza dire una parola s'alzò, s'avvicinò al giradischi, interruppe Buddy Richard e la sua ballata della tristezza, mise un nuovo disco di ritmi centroamericani, e con sorpresa di tutti, dopo essersi sistemata sulla testa una brocca di punch, iniziò a ballare dimenando in maniera stupefacente fianchi e spalle senza versare una goccia.

Dopo aver posato la brocca e aver ringraziato per gli applausi, tornò al mio fianco.

«Allora? Ti sembra che sappia ballare?»

Le ore seguenti scivolarono via inavvertite. Ballavamo e io scoprivo una dimensione sconosciuta nel linguaggio dei corpi. Sentivo che si lasciava davvero guidare, che in lei non era una pura formalità, ma che desiderava la conducessi lungo strade di improvvisi avvicinamenti e di temporanee lontananze. Si lasciava attrarre senza resistenza fino a incollarsi al mio corpo. A una giravolta del ballo mi aprì la

138

giacca per farmi aderire alla camicia i suoi seni piccoli e sodi. Allora la strinsi più forte e, nelle giravolte prolungate dall'ondeggiare dei suoi fianchi felini, spinsi una gamba fra le sue, fino ad avvertire il vulcanico contatto col suo ventre. Lei mi lasciava fare, si faceva portare, attrarre, con un compiacimento che evidenziava con lievi gemiti e con le dita conficcate nella mia schiena.

Quando, in un contatto, percepì l'erezione che mi gonfiava i pantaloni, incollò il suo ventre al mio corpo, e io sentii subito insinuarsi come un ragno nella mia testa il pensiero: «Adesso sei pronta, ragazzina arrapata, adesso sei proprio pronta», ma qualcosa di superiore mi fece vergognare. Allora scossi la testa, il ragno-pensiero scivolò via e in una giravolta del ballo lo schiacciai sotto i piedi.

Le ore passavano con ostinazione e io desideravo solo restarmene lì abbracciato a Isabel, senza parlare, seguendo un blues, mentre Ray Charles chiedeva chi c'era dietro il muro della sua cecità, ma nessuno gli rispondeva, perché l'unione dei nostri corpi e dei nostri respiri ci faceva dimenticare tutte le parole, tutte le lingue.

Stavamo ballando con gli occhi chiusi quando gli invitati più anziani cominciarono a lasciare con discrezione la festa e i padroni di casa ebbero il coraggio di interrompere senza indugi il *Summertime* di Janis Joplin per spiegarci che era ormai tardissimo, che si sentivano stanchi, che ci ringraziavano molto per essere venuti e, con la diplomazia brutale tipica degli abitanti di Santiago, che era proprio ora che ognuno tornasse a casa sua.

Non fu facile staccarci.

«Ci vediamo domani?» mi sentii implorare.

«Non posso. Sabato prossimo.»

«Cosa devi fare? Dopodomani allora.»

«Non chiedermi nulla. Non mi piacciono le domande. Sabato.»

«Va bene. Andiamo al cinema?»

139

«Con piacere. Vieni a prendermi alle sette.»

Uscimmo in strada per completare il rito dei saluti.

A qualche metro di distanza Tino e Sarita, Beto e Amalia si lasciavano accarezzare dalla brezza notturna. Vedendo che si baciavano, incollati uno all'altra, mi sembrò più conveniente allontanarci di qualche passo. Volevo baciarla, ma mi fermò.

«No. Noi siamo diversi. Torniamo in casa e ti darò qualcosa di meglio di un bacio.»

Rientrammo. La sala era quasi al buio. C'era odore di fumo, di pisco, di resti di punch, di musica finita. Isabel chiuse la porta.

«Girati e non ti voltare finché non te lo ordino io.»

Davanti all'oscurità, all'improvviso, fui assalito per la prima volta dalla certezza della paura. Una paura inesplicabile. Una paura il cui territorio iniziava con la punta delle mie scarpe e si prolungava fino ai bordi di un abisso che la mia precoce logica lottava per negare.

«Ora voltati.»

Quando lo feci, sentii che un milione di formiche s'arrampicavano sulla mia pelle. Isabel era sdraiata sul divano e le formiche erano grasse e pesanti. Si era raccolta il vestito sulle spalle coprendosi la faccia, e le formiche s'impadronivano del mio collo. Era nuda. E quelle maledette formiche mi asfissiavano.

Nella penombra scorsi lo splendore della sua pelle, i suoi piccoli seni violentemente eretti, coronati da due bottoni scuri. Tra le gambe mi offriva un triangolo di delicato muschio, su cui cadeva, come una rugiada, il fascio di luce che scivolava dentro dalla strada. Io trattenevo il respiro perché le formiche mi lasciassero in pace.

«Vieni», sussurrò facendo ondeggiare i fianchi.

In ginocchio, lasciai che la ferma determinazione delle sue mani, pronte a guidarmi la testa, vincesse il mio desiderio di lanciarmi giù. Mi lasciai condurre in una specie di viaggio aereo. Isabel mi teneva il capo, permettendomi di sfiorarle appena la pelle con le labbra, e così mi portò dalle sue spalle ai seni, e dal ventre ai definitivi emisferi dei suoi fianchi. Io ero un felice argonauta in attesa dell'ordine di atterrare nel luogo prezioso.

Le sue mani manovrarono con abilità. Neppure una brezza ostacolò la mia discesa sulla valle dalla vegetazione ondulata che culminava nel sentiero delle sue gambe aperte: là le mie labbra poterono cercare un'armonica sistemazione prima di assaggiare gli sconosciuti sapori della sua bocca verticale e segreta. E volli entrarvi. Il desiderio saturò ogni mio poro e determinò il ritmo del cuore e dei polmoni perché nulla disturbasse la lingua esploratrice che si faceva strada verso un mare di piacere nel quale volevo immergermi, per poi nuotare verso l'alto, perché intuivo che la felicità si trovava dall'altra parte di quella cavità inumidita dai suoi movimenti e dalle mie carezze. Volevo entrarvi, entrarvi in qualunque modo. Forse in quel momento iniziai a capire che l'amore è un ingenuo tentativo di rinascita.

«Ti piaccio?» chiese all'improvviso.

«Ti amo», risposi facendo mio quel verbo per la prima volta.

«Allora vieni sabato prossimo e mi amerai ancora di più», assicurò lei alzandosi in piedi con un balzo energico.

Il vestito le ricadde sul corpo con un movimento a cascata che spazzò via le ultime formiche.

Uscii dalla casa fluttuando in un'aria leggera. I miei pensieri erano un misto di sapori, luci, colori, aromi, melodie. Charles Aznavour ripeteva Isabel Isabel Isabel perché io gliel'ordinavo, e il sapere con certezza che il Mar Morto è così salato che i corpi non riescono a sprofondarvi contribuiva alla mia felicità. Sentivo freddo, caldo, paura, allegria, tutto assieme e allo stesso tempo.

Tino e Beto mi aspettavano all'angolo e anche loro apparivano contenti. Non smettevano di saltellare e di darsi pacche sulla schiena.

«Che effetto ci farebbero delle birre?» propose Beto.

«Che effetto fa l'acqua ai pesci?» ribatté Tino.

«D'accordo. Offro io», aggiunsi.

I due mi presero sottobraccio e mi fecero correre in mezzo.

«Allora? Vuota il sacco. Come si congeda la Chabelita?» chiesero all'unisono.

«Non fate i coglioni», risposi divincolandomi.

Continuammo a camminare in silenzio. Io offeso con loro e loro con me. Per fortuna trovammo presto un bar aperto e le birre s'incaricarono di cancellare ogni asprezza.

Santiago. Quanti anni sono passati? Santiago. Città, sei ancora lì, tra i colli e il mare, «circondata da simboli d'inverno»?

Divertirci, far conquiste non era in sé e per sé così importante quanto poterne parlare con gli amici. Tino e Beto raccontavano dei loro nuovi successi amorosi.

«Avete notato? Io le guardavo subito negli occhi, e loro giù, al tappeto.»

«Dev'essere per via del sintetico, Betofen.»

«Sul serio. Io ho il mio stile. Marlon Brando è una vecchia ciabatta in confronto a me.»

«Be', se vogliamo parlare di stile, nemmeno il mio è di terza categoria. Già al primo ballo mi sono reso conto che a Sarita si scioglievano i gelati sul mio petto.»

Io li ascoltavo in silenzio. Non potevo né volevo raccontare di Isabel. Per la prima volta scoprivo il valore del silenzio. La parola intimità mi colpiva la bocca e accettavo volentieri il castigo.

Loro facevano progetti per il giorno successivo. Avevano dato appuntamento alle ragazze per le solite cose: cinema, *hot dogs* nel Bahamondes, qualcosa da bere da Chez Henry, e poi la passeggiatina fra le ombre complici del colle Santa Lucía, «così colpevole di notte, così innocente di giorno».

La domenica fu insopportabile. Passai tutta la giornata in

mutande, rinchiuso in un mutismo che stupì i miei genitori. Il pomeriggio vidi passare i miei amici diretti ai loro appuntamenti, l'invidia mi mangiò vivo e finii per rinchiudermi a leggere un romanzo di Marcial Lafuente Estefanía. *Io al tuo posto non lo farei, straniero*, ben sapendo che i suoi bovari non sarebbero riusciti a distogliermi da Isabel.

Domenica, lunedì, martedì. La settimana trascorse con una lentezza esasperante. Le ore di lezione si prolungavano fino a estremi insopportabili e i pomeriggi passati a fumare in piedi all'angolo persero il loro fascino.

L'angolo. Il nostro angolo. I gradini della macelleria, il nostro piccolo grande anfiteatro di selciato logoro, nel quale, insensibili, avevamo assistito tante volte allo spettacolo dei sogni infranti dalla vita quotidiana, o avevamo ripassato il nostro repertorio di ricordi freschi per un pubblico di cani amichevoli, o di bambini cocciuti che volevano diventare come noi. L'angolo, rischiarato da un lampione dell'illuminazione pubblica che proiettava le nostre ombre di rettili fugaci fino a farle cadere nello stesso scolo che si portava via i mozziconi di sigaretta verso un mondo oscuro, sotterraneo, ma non per questo meno nostro. L'angolo. Quel posto contrassegnato una e mille volte dalla nostra presenza di precoci *machos*. L'angolo. Sala di comando, tavolo operatorio, roulette, confessionale di quel trio di uccelli incapaci di prevedere la catastrofe che li aspetta alla fine dei primi voli, non servì a mitigare la crescente ansia di pelle e di incontro, ma finalmente arrivò la mattina di quel sabato tanto atteso.

La prima cosa che feci fu andare dal barbiere.

CACERES
Stilista per uomo. Taglio e rasatura

«Taglio rotondo all'americana con le basette ben segnate, per favore.»

143

Dallo stilista Cáceres. Diploma d'Onore. Primo Concorso Internazionale per Parrucchieri. Mendoza, Argentina

«E il ciuffo? Come lo vuole il ciuffo? Alla Elvis?»

Allo stilista Cáceres, con affetto. Nino Lardy, la voce cilena del tango

«Non porto il ciuffo. Mi pettino con la gommina, coi capelli tutti indietro, capito?»

CACERES
Massaggio garantito al cuoio capelluto. Non c'è pelato che mi resista.

Lustrai le scarpe fino a far sì che il cuoio cantasse come un canarino. Mi vestii con estrema cura. Presi in prestito la migliore cravatta di mio padre, che mi osservava dal ritiro spirituale della sua analisi ippica, e avvolto da una nuvola di lavanda inglese, corsi a incontrare Isabel.

Ero nervoso. Sull'autobus notai che alcune donne si giravano al mio passaggio e mormoravano qualcosa in tono sornione. «Di sicuro ho esagerato con la lavanda, ma all'aria se ne va. E se a qualcuno viene in mente di chiamarmi checca puzzona, gli spacco il muso. Proprio così.»

Comprai le sigarette nello stesso negozio del sabato precedente e, poco prima di arrivare in calle Ricantén, approfittai degli specchi di una vetrina per controllare il nodo della cravatta e la pettinatura. Ero impeccabile, così mi avviai in cerca del numero venti.

Quattordici, sedici, diciotto, venti... Venti?

Sotto il numero venti trovai una casa grigia coi muri screpolati dall'ultimo terremoto. Una casa con porta a vetri stile inglese e finestre protette da sbarre di ferro.

Pensai di aver sbagliato strada. Era possibile, non ero nel

144

mio quartiere, e ritornai all'angolo per leggere il cartello di latta.

Calle Ricánten. Che diavolo stava succedendo?

Poi mi venne in mente che forse, nell'ansia, avevo confuso il numero. Il centoventi, cioè un isolato più su, e mi avviai in fretta senza preoccuparmi del sudore che minacciava di rovinarmi la pettinatura e il colletto della camicia.

Neppure sotto il numero centoventi c'era la casa gialla, la porta verde militare e la mano di bronzo con in pugno una sfera. Non la trovai nemmeno sotto il duecentoventi, e più avanti terminava la strada.

Non capivo nulla. Volevo maledire, imprecare, piangere, prendere a calci il semaforo, gridare che qualcosa o qualcuno mi stava imbrogliando, così sciolsi il nodo della cravatta, sbottonai il colletto della camicia e mi piazzai davanti alla casa col numero venti.

Bussai e una vecchia, evidentemente di malumore, socchiuse la porta aprendo il minimo indispensabile per far capolino.

«Mi scusi, vive qui una signorina di nome Isabel?»

La vecchia fece seccamente cenno di no e chiuse la porta.

Arrivai a schiaffeggiarmi nel tentativo di ritrovare la realtà perduta. La realtà era la casa che prima non c'era, i vicini che tiravano fuori seggioline di vimini e tavolinetti bassi per disputare partite a briscola sotto le acacie. La realtà era l'assenza dei muri gialli, della porta verde militare e della mano di bronzo con una sfera in pugno, tutti quei particolari che, da qualche parte nel mondo aspettavano inutilmente che io bussassi.

Non so dire quante volte percorsi la strada, scrutando dentro alle finestre, cercando di riconoscere la sala della festa, le lampade, il divano su cui Isabel aveva disteso la negligente promessa della mia felicità, fumando incessantemente, finché un nodo alla gola e il pacchetto vuoto che mi scricchiolava in mano mi indicarono che era più sensato accettare la sconfitta e tornare a casa.

Così feci, e per non rendere evidente il fallimento davanti ai miei genitori, varcai la soglia del primo cinema che incontrai lungo la strada.

Tornai a casa molto tardi. Entrai senza accendere la luce e mi chiusi nella mia stanza. Non riuscivo a dormire. Avevo bisogno di ripensare a tutto più volte, di vedere se trovavo una risposta.

Verso le due del mattino sentii le note del nostro fischio d'intesa. Erano Tino e Beto che tornavano da una festa con nuove conquiste per il giorno successivo. Mi chiamavano a condividere i loro trionfi e perché io raccontassi loro il mio, anche se avevano considerato l'appuntamento con Isabel come un piccolo tradimento agli interessi del gruppo.

Lasciai che il richiamo si ripetesse due volte prima di uscire.

«È stanco il maschione? Te ne ha fatto passare la voglia la Chabelita?» chiese Beto.

«Andiamo all'angolo. Non voglio svegliare i miei.»

«Che muso lungo. Non dirmi che ti ha dato un bidone», chiese Tino.

«Impossibile. L'appuntamento era a casa sua», intervenne Beto.

«Ve lo racconto se promettete di non prendermi per i fondelli. Sul serio. Non ho voglia di farmi sghignazzare dietro.»

All'angolo ci sedemmo sui gradini della macelleria. Beto ci offrì le sigarette.

«Bene. Vuota il gozzo. Che è successo?» chiese Tino.

«Niente. Non è successo niente. Niente.»

«Come niente?» insistettero all'unisono.

Per la prima volta sentii che non li amavo, che non avevo bisogno di loro e che la mia sconfitta era personale, intima. La grande sconfitta dell'attaccante che sbaglia il rigore decisivo al novantesimo minuto.

«Niente. Cioè... puttana... niente. Non ho trovato la casa. Mi sono perso. Ho sbagliato indirizzo. Che ne so.»

Restammo tutti e tre in silenzio. Si sentiva solo il rumore che facevamo aspirando il fumo delle sigarette e io mi maledicevo per aver detto loro la verità.

«Ma se era facilissimo, scusa. Ricantén, numero venti», replicò Beto.

«Sei sicuro? Era quella la strada?»

«Ma certo, vecchio mio. La settimana scorsa ci siamo andati insieme. Insieme abbiamo cercato la casa e insieme l'abbiamo trovata. Guarda, ricostruiamo la scena del delitto: siamo scesi dall'autobus tra Portugal e Diez de Julio. Sull'angolo abbiamo comprato le cicche e *la solita*, poi abbiamo camminato per un paio di isolati e siamo arrivati. Per di più calle Ricantén è molto corta», finì di precisare Beto.

«Ho fatto la stessa cosa e non ho trovato la casa. Al numero venti ce n'era un'altra.»

«Un momento. Noi che una volta abbiamo avuto la meningite e non siamo del tutto guariti chiediamo una pausa esplicativa. Ti ricordi come era la casa?» chiese Tino.

«Quale casa, quella di oggi?»

«No, coglione. La casa della festa.»

«Giallo cacca, con una porta verde e un battente di bronzo.»

«E cosa diavolo hai trovato oggi?»

«Una casa grigio topo, con una porta a vetri.»

Beto ci offrì di nuovo le sigarette, mentre Tino, trattenendo il riso, iniziò a canticchiare coglioni e coglionazzi il mondo è pieno di pazzi.

Feci per alzarmi, ma Beto mi prese per un braccio e ordinò a Tino di tacere.

«Senza arrabbiarsi, vecchio mio. Ti sei fatto qualche bicchierino prima di uscire?»

«Non dire stronzate!»

Seguì un altro lungo silenzio interrotto appena dalle sigarette o dal passaggio di qualche auto nel vicino viale. Tino ammucchiava la cenere sulla punta di una scarpa.

«Be', a volte succede che uno si confonde, sbaglia, va da un'altra parte invece di...»

«Ma io non mi sono sbagliato! Sono stato in calle Ricantén. Ho letto cinquanta volte il cartello con il nome. L'ho fatta tutta su entrambi i lati e non ho trovato la casa da nessuna parte.»

«Prendila con calma. Ti sei sbagliato. Sei andato in un'altra strada, forse con un nome simile. È successo anche a me in quartieri che non conosco. Non ti scaldare», mi consigliò Beto.

«Non mi sono sbagliato. Ve lo ripeto. O credete che abbia perso qualche rotella?»

«Una casa non scompare da una settimana all'altra. E se l'avessero demolita, ci sarebbe come minimo il terreno. Scartiamo anche i terremoti perché, che io sappia, nell'ultima settimana non ne abbiamo avuto neppure uno», ironizzò Tino.

«Andate in culo.»

«Stai diventando pesante, ragazzino. Sarà meglio lasciar perdere e dormirci su», tagliò corto Beto.

Mi lasciarono solo, seduto sui gradini della macelleria. Rimasi lì con la testa tra le mani finché la presenza di alcuni gatti che mi annusavano i pantaloni non mi indicò la vicinanza dell'alba. Tirai loro un paio di calci che non raggiunsero il bersaglio, i gatti mi guardarono con disprezzo e decisi che era meglio tornare a casa.

Dormii fin oltre mezzogiorno, quando mi svegliarono i fischi di Tino, ma mi rifiutai di uscire dichiarandomi malato. Pranzai a letto con l'odiosa, classica minestrina di pollo che mia madre preparava come insostituibile complemento al fatto d'essere malati, e durante il pomeriggio riuscii a scacciare la spirale di pensieri tormentosi con l'aiuto quadrettato del puzzle domenicale del «Mercurio».

Il lunedì mi dichiarai guarito, andai a lezione e nei giorni successivi feci alcuni tentativi per arrivare alla casa perduta, ma mi fermai sempre prima di raggiungere calle Ricantén. Avevo paura. Una vaga paura di scoprire che la casa esisteva e che il sabato precedente mi ero perso in chissà quali misteriosi meandri della città. Ma avevo molta più paura di arrivare alla certezza che la casa non esisteva e che tutto quanto era successo, il ballo, Isabel, il sapore del suo corpo, le formiche, il desiderio, formasse parte di un'incomprensibile macchinazione.

Un sogno accrebbe la mia paura.

Credo fosse il mercoledì notte quando sognai che arrivavo a casa per il pranzo e vedevo mia madre disporre solo tre coperti sul tavolo.

«Papà non viene a mangiare?»

«Chi?»

«Papà. Chiedevo se non viene a pranzo.»

«Ma cosa dici? Siamo sempre stati tre in questa casa. Tuo fratello, tu e io.»

«Non è vero. Papà era con noi ieri sera a cena. Quello è il suo posto, accanto alla radio.»

«Tu deliri. Siamo sempre stati tre in questa casa.»

Tremavo all'idea che la casa smarrita fosse l'inizio di una serie di scomparse, e quando vedevo Lalo, l'idiota, il matto del quartiere, un giovanottone robusto dall'età imprecisata che camminava con la bocca aperta e lo sguardo sperduto, senza neppure badare alle mosche che si disputavano la sua bava, agli insulti e ai sassi che gli lanciavano i bambini, mi chiedevo se per caso anche la sua pazzia non era iniziata con un paradiso perduto che il povero idiota continuava e continuava a cercare.

Rividi i miei amici soltanto il venerdì, o per essere più esatti furono loro a venire a trovarmi.

«Portiamo buone notizie. Betofen ha visto un certo uccellino. Hai afferrato?» esordì Tino come saluto.

«Isabel?»

«Risposta esatta! Il concorrente vince una bella ripassata!» esclamarono e mi massacrarono la schiena a manate.

«Bene. Castigo accettato. Ora mollatemi.»

«Alt. Così, semplicemente? Senza anestesia? Tino, ti rendi conto? Crede di essere Speedy Gonzales. Ti spariamo le novità a tre condizioni. Primo: non c'è nulla di potabile in questa casa?»

Come sempre a scontarla fu il mobile bar di mio padre. Uscii dalla stanza e tornai con una bottiglia di pisco e dei bicchieri.

«Mi dispiace, ma sono finiti i limoni e bisognerà bere a sangue freddo. Qual è il resto del ricatto?»

«D'esportazione. Quanto soffre tuo padre, come si castiga!» Tino lodava il pisco facendo schioccare la lingua.

«Seconda parte, come dicono i Chalchaleros. Devi riconoscere con onestà che sei più coglione del tipo a cui corsero via le tartarughe, perché in caso contrario dovremmo accettare che le case spariscono, si perdono, se le portano via gli omini verdi, insomma, così, puf, e non ci sono più.»

Ridevano a tal punto che finirono per contagiarmi.

«D'accordo. Mi sono sbagliato. Sono un gran coglione. Forse ho bisogno di un paio di occhiali o di una piantina.»

«Di una piantina? Un vasetto, un cespuglio, un albero?» strillò Beto.

«Penso di avergli attaccato le conseguenze della meningite», spiegò Tino.

Sudavamo a forza di ridere, io sentivo che li amavo, che avevo bisogno di loro. Erano i miei amici. I miei fratelli.

«Vuotate il gozzo una buona volta, coglionazzi noiosi.»

«Niente offese. Siamo fra persone beneducate. La terza condizione è che tu non prenda più appuntamenti il sabato, a meno che tu non voglia violare il regolamento del club di Tobi.»

«Promesso. I sabati sono riservati al club.»

«Come si soffre da queste parti! È da leccarsi i baffi questo pisco! Su, Betofen, raccontagli come, dove e quando l'hai incontrata. Non vedi che faccia da martire?»

«Calma. Non voglio essere responsabile di un infarto. Apri le orecchie: me la sono trovata davanti sotto i portici Fernández Concha, nel preciso istante in cui mi dirigevo da Ravera con l'intenzione di gustarmi una pizza, lo sapete, quel contributo culinario degli italiani, fatto di pasta, formaggio e pomodoro.»

«E origano», aggiunse Tino.

«Non mi dire. C'è anche l'origano?»

«Certo. Per il profumo.»

«Ma guarda, s'impara sempre qualcosa di nuovo.»

«Mettitela in culo la pizza.»

«Abbi pazienza. A forza di pazienza e di saliva un elefante si fece una formica. Continuo? Non mi ha lasciato neppure il tempo di salutarla e stava già chiedendo di te, e ascolta, coglione, lei non sa che sei mancato all'appuntamento, be', per il motivo che sappiamo. Non ha potuto aspettarti in casa perché l'hanno costretta a far visita a un parente malato. Bisognerebbe ammazzarli questi parenti rompipalle. Mi ha chiesto se per caso eri arrabbiato e naturalmente le ho risposto di sì, che odi la gente inadempiente, quelli che tirano bidoni al prossimo piantandolo in asso a un angolo di strada con un mazzo di fiori e la faccia da pesce lesso. Che vuoi che ti dica, vecchio mio. Si è sciolta in scuse. Addirittura si è lasciata sfuggire un paio di lacrimoni e mi ha chiesto di riferirti che ti aspettava questo sabato alla stessa ora, e sai io cosa le ho risposto? Mi dispiace, Chabelita, ma mi sembra che sabato abbia un impegno improrogabile. La ragazza è impallidita, ma ha insistito proponendo la domenica. Allora io ho gonfiato i pettorali e le ho detto in tono professorale: Chabelita, la domenica è il giorno che noi consacriamo allo sport. Si sarà resa conto che siamo molto in forma, no?, molto atletici, ma in ogni modo glielo

151

riferirò, chissà se riesce a trovare un po' di tempo per venire a trovarla. Fortunello di merda! Che hai fatto alla ragazza? E ora tieniti forte che viene la parte più drammatica: mi ha ascoltato attenta, mi ha preso le mani e con gli occhi bagnati di lacrime mi ha pregato, mi ha pregato, vecchio mio!, con tanto dolore da farmi quasi vergognare per gli sguardi che mi lanciavano i passanti. Magari pensavano che stavo facendo qualcosa di male alla ragazza. Mi ha pregato: gli dica che lo aspetto domenica all'ora che può, alle cinque, alle sette, più tardi. Non mi muoverò da casa. Per favore, gli dica di venire. Allora? Come mi sono comportato?»

Strappai la bottiglia di mano a Tino e riempii i bicchieri.

«Puttana, sei proprio un bravo ragazzo, Betofen! Sei stato grande! Alla salute, amici!»

«Ma stavolta segnati bene l'indirizzo. Calle Ricantén, numero venti. Rincoglionito!» dissero in coro e se ne andarono.

Quando siamo giovani confidiamo nelle catene logiche, e in quel momento sentii che la mia ricongiungeva di nuovo tutti gli anelli. Passai il resto del tempo a contare le ore che mi separavano da Isabel. Ripassai più volte mentalmente la strada che mi avrebbe portato da lei, fino a constatare che non ero un idiota. Ci sarei arrivato. Stavolta ci sarei arrivato.

«Vediamo. Prendo l'autobus sull'angolo di Vivaceta con Rivera, alla fermata di quelli che vanno in centro. Primo dettaglio importante. Con me a bordo, l'autobus avanza fino ad arrivare alla calle Pinto, gira a sinistra e percorre un tratto diritto di quattro isolati, passando davanti a farmacie, rivendite di bibite e di liquori, fabbriche di gelati e alla saponeria di don Pepe, lo spagnolo che si arrabbia sempre quando qualcuno entra nel suo negozio. Don Pepe, mezzo litro di cloro. Accidenti, non è questa l'ora di venire a prendere mezzo litro di cloro. Don Pepe, una saponetta Copito. Accidenti, proprio non vogliono farmi ascoltare in pace la dannata *zarzuela* del giovedì. Don Pepe. Un altro dettaglio importante. Oltrepassata la saponeria, arriverò sull'Avenida Independencia e posso scendere lì se voglio, ma è meglio restare sull'autobus ancora per qualche isolato e farlo invece davanti alla chiesa dei carmelitani. Scendo. Dettaglio importante. Cammino verso la cordigliera attraversando la Pérgola de las Flores, cammino in fretta trattenendo il respiro per non contagiare il mio amore con profumi di morte. Quando arrivo sull'Avenida Recoleta, mi fermo davanti alla caserma dei pompieri. Aspetto e salgo su un autobus della linea Portugal – El Salto che vada verso sud. Dettaglio importante. Con me a bordo, l'autobus attraverserà il centro della città seguendo calle Mac Iver. Quando arriva all'Alameda, davanti alla Biblioteca Nazionale, girerà a sinistra e potrò vedere i giardini del colle Santa Lucía e la stele di don Pedro de Valdivia. Tutto questo resterà alle mie spalle quando l'autobus girerà verso sud, imboccando calle Portugal. All'altezza del settecento, suono utilizzando quel curioso meccanismo composto da un campanello di bicicletta e da un filo che corre lungo tutto il veicolo. Scendo sull'angolo con Diez de Julio. Dettaglio importante. Torno indietro di un isolato verso nord e poi ne percorro due verso ponente. Questa volta sì che arriverò. Sotto il numero venti di calle Ricantén troverò la casa gialla, la porta verde e la mano di bronzo con una sfera in pugno. Busserò tre volte e sarà Isabel ad aprirmi. Isabel. Più tardi le racconterò quanto è successo. Più tardi. Quando usciremo dal cinema Gran Palace. Credo che diano *Lawrence d'Arabia*. Il Gran Palace, quel cinema così bello e fresco, con i muri ornati da sputnik che sembrano fluttuare nel cosmo durante il gioco di luci che precede lo spettacolo. O forse non glielo racconterò mai. Sarebbe stupido. Non mi crederebbe. O forse sì, glielo racconterò quando saremo sposati. Sposati? Calma, ragazzo. Sposerò Isabel? Calma, ragazzo. Calma. È chiaro che prima devo finire gli studi. Come la prenderanno Tino e

153

Beto? Mi sposo, amici, per me è arrivata l'ora in cui muoiono i coraggiosi e vogliamo che voi siate i testimoni. Isabel. Che meraviglia di festa faremo. Calma, ragazzo. Sposarsi? Forse è vero quello che dice Tino, solo i babbei si lasciano mettere in trappola. Sono un babbeo? E chi se ne frega!»

La domenica mi colse sveglio molto prima dell'alba, e a colazione non smettevo di parlare, per lo stupore dei miei genitori.

«Calma. Ti puoi portar via un dito con il coltello», mi consigliò mio padre mentre aprivamo le vongole domenicali.

Le divoravo una dopo l'altra, commentando al tempo stesso quanto erano buone e fresche. Le vongole si contorcevano sotto le gocce di limone.

«È per il dolore», spiegò mia madre, nemica dei frutti di mare crudi.

«Figurati. A loro piace. Guarda come ballano», la sfidavo io.

I miei si scambiavano occhiate, facevano commenti sulla febbre dei diciott'anni, e il mio fratello minore si lamentava di avere un cretino in famiglia.

Verso le cinque del pomeriggio mi svegliai dalla siesta. Il caldo era un po' diminuito, e mentre i miei genitori e mio fratello divoravano un cocomero sotto il pergolato di vite selvatica, io disposi sul letto gli abiti da cavalier servente, cioè l'uniforme da cileno.

I pantaloni grigio ferro impeccabilmente stirati, la camicia bianca con le stecche infilate nelle punte del colletto, la giacca blu, e la cravatta Oxford, recente regalo di mio zio Aurelio, che, a sentir lui, mi faceva apparire più elegante di un cavallo da corsa. Il tutto era completato dalle scarpe splendenti e dai tre fazzoletti di rigore: quello bianco, profumato, nel taschino superiore della giacca, era piegato in modo da lasciar uscire tre punte stile guappo ed era sempre a disposizione delle dame, quello della tasca sinistra dei pantaloni, che era personale, per soffiarsi il naso, e infine quello della tasca posteriore, di scorta, per togliere la polvere dai sedili o per ripassare la lucidatura delle scarpe.

«Gli appuntamenti domenicali sono una cosa seria», disse mio padre infilandomi una banconota in tasca.

«Non tornare tardi. Domani hai lezione», intervenne mia madre, sempre pratica.

Il tragitto fu proprio come l'avevo immaginato, isolato dopo isolato, dettaglio dopo dettaglio, finché non scesi dall'autobus sull'angolo tra Portugal e Diez de Julio. Allora vidi lo straniero.

Era un tipo dai lunghi capelli biondi e dalla pelle molto pallida, che con i suoi jeans scoloriti e il giubbotto mi parve terribilmente malvestito. Appesa a una spalla portava una borsa da fotografo.

Sull'angolo, aspettando che il semaforo ci autorizzasse a passare, mi fermai dietro di lui e lo vidi asciugarsi il sudore con un fazzoletto stropicciato. Attraversammo la strada ed entrò nello stesso negozio in cui avevo intenzione di comprare le sigarette, così lo seguii.

In uno spagnolo spezzato dai dubbi chiese sigarette senza filtro.

«Di che marca?» domandò il commesso.

«Non lo so. Di quelle più forti», spiegò lui.

«Tabacco biondo o nero?» insisté il commesso.

«Gli dia le Liberty, sono le migliori», mi intromisi.

Lo straniero mi ringraziò con un gesto, prese le sigarette e si portò le mani alle tasche. Dopo qualche secondo, si scusò per non aver ancora trovato il denaro e mise la borsa sopra il bancone. L'aprì. Dentro c'erano due macchine fotografiche, prese una cartella che conteneva fogli e foto, e cercò finché non trovò delle banconote. Pagò, e quando stava per rimettere la cartella nella borsa, una fotografia gli cadde a terra. Mi chinai a raccoglierla.

Era Isabel, o parte di lei. Riconobbi il vestito, le sue

gambe, le sue braccia e il divano su cui era seduta: era lo stesso su cui si era distesa per farmi la più dolce delle promesse. Era Isabel, anche se il suo volto non si vedeva, coperto da una macchia di luce. Gli restituii la foto e uscimmo assieme dal negozio.

Per strada vidi che gli tremavano le mani e che non riusciva ad accendere la sigaretta. Gli porsi il fuoco e accettai da fumare. Ci avviammo quasi spalla a spalla.

«Tu... come si dice?... Conosci da queste parti?»

«Poco. Molto poco. Che strada cerchi?»

«Che strada? Eh... Ricantén... si chiama così.»

«Ricantén. Vado là anch'io.»

«Che bello. Allora andiamo assieme.»

«Vai a trovare la ragazza della foto, vero?»

«Tu... Tu... la conosci?»

La conoscevo? Portavo il suo odore, il suo sapore più segreto dentro di me, le forme del suo corpo, la sua voce, il suo invito a essere felice, ma la conoscevo?

«Si chiama Isabel.»

«Guarda... dobbiamo parlare... tu e io dobbiamo parlare. Capisci?» disse asciugandosi il sudore sulla fronte.

«Stai per dirmi che cerchi una casa gialla con una porta verde.»

«Sì! Conosci quella casa? Dimmi che conosci quella casa!»

«Con una mano di bronzo che impugna una sfera.»

Allora lo straniero si portò le mani al volto. Poi le abbassò e c'era qualcosa di implorante nel suo sguardo.

«Senti... andiamo assieme... è ridicolo, ma...»

«Hai paura di non trovare la casa.»

Lo straniero tentò di prendermi per i risvolti della giacca, ma fui più veloce e fuggii. Fuggii via. Corsi quanto mi permisero le gambe. E alla fine, estenuato, mi sedetti sulla panchetta di un lustrascarpe. Erano pulite, ma lasciai che l'uomo me le lucidasse pregando perché il suo lavoro durasse ore.

Qualcosa si stava rompendo. Delicatamente, qualcosa si stava rompendo. Una mano invisibile era al lavoro sul mio volto, modellando la maschera definitiva che poi avrei incontrato in tutti gli specchi.

Il lustrascarpe colpì le suole indicando che aveva finito. Pagai e con disinvoltura mi avviai verso calle Ricantén.

La casa grigia, la porta a vetri stile inglese, il campanello e il suo logoro pulsante di bachelite non mi stupirono. Passai una sola volta davanti all'ingresso e poi camminai senza meta fino a trovare un cinema.

Gli ammutinati del Bounty. Mentre Marlon Brando si guadagnava l'amore di Tarita, io mi sedetti su una poltrona della prima fila per assicurarmi la solitudine, e lì piansi le mie prime lacrime da uomo, intuendo che mi si apriva davanti una strada infestata di dubbi, di fallimenti, di felicità effimere, i materiali della catastrofe che, però, rendono possibile l'odiosa fragilità dell'essere. Piansi con dolcezza, quasi con metodo, lacrime che mi mostravano retrospettivamente un sentiero di diciotto anni, percorso di sorpresa in sorpresa, al quale non sarei più tornato. Piansi lacrime che mischiavano il primo dolore per ciò che non aveva avuto modo di essere, con l'ostinata felicità per quanto sarebbe stato bello, sulla superficie bianca e profumata del fazzoletto.

Non rividi più i miei amici. Il fischio d'intesa, il richiamo di Tino e di Beto, si ripeté per varie sere, ma mi rifiutai di uscire. La mattina me ne andavo da casa molto presto e tornavo il più tardi possibile. Il fischio divenne sempre più lieve, flebile, indifferente, finché scomparve, rimpiazzato dall'aria dell'autunno, dalle nebbie dell'inverno, dai rumori delle auto, dalle voci dei bambini che crescevano e s'impadronivano della strada e dell'angolo.

A volte li vidi uscire assieme da qualche bar, ma li evitai allontanandomi.

Con il vertiginoso susseguirsi dei calendari arrivarono

157

nuovi amici, nuovi modi di rallegrare le serate e vincere la noia. A volte, passando dall'angolo – il nostro angolo –, i gradini della macelleria mi addoloravano come un lutto recente. Ma dimenticavo in fretta. Molto in fretta. I cavalli disillusi non guardano ai lati della strada.

Sì. Era quella la casa.

Osservando la fotografia pensavo alla patetica laconicità della biografia di C.G. Hudson.

Hudson aveva scattato la fotografia la prima volta che aveva visto la casa? O l'aveva fatto dopo il nostro effimero incontro? Tino e Beto avevano rivisto qualche volta le ragazze della festa? E i padroni di casa? E Isabel? Era stato solo un gioco di divinità annoiate? Hudson aveva scattato la foto prima di entrare per la seconda volta in quella casa sentendo che doveva lasciare una testimonianza? Isabel era stata la più bella negazione dei sogni?

La donna delle pulizie mi salvò dal pozzo dell'autismo dicendomi che il responsabile della galleria abitava non lontano da lì e che, se per me era importante, poteva accompagnarmi.

La ringraziai spiegando che non era necessario, mi bastavano le informazioni del catalogo.

L'impermeabile era ancora fradicio. Me lo misi sulle spalle e uscii per strada. Non pioveva più. Il cielo di Zurigo appariva diafano e trasparente. Aveva lo stesso nitore della fotografia di Hudson, che dopo tanti anni mi aveva presentato delle scuse, non so, né voglio saperlo se da parte della felicità o della sventura, per avermi allora mandato un invito forse intempestivo, o forse a un destinatario sbagliato.

ROLANDBAR

«Non ho mai saputo la sua storia. Un giorno sono nato lì, semplicemente. Il vecchio porto ha modellato la mia infanzia. Con volto di fredda indifferenza.»

Gitano Rodríguez

Il mercantile gettò gli ormeggi sulla banchina mentre il sole invernale scivolava giù come una macchia d'olio e i turisti si annoiavano per l'inutilità delle loro Kodak. Non appena il portuale fece l'ultimo nodo al cavo di ormeggio, i perni smisero di lamentarsi.

«Le cose andarono in questo modo, no?»

«In pratica sì. Ordiniamo un'altra bottiglia?»

I marinai panamensi conoscevano la strada fino a Plaza Echaurren e, anche se nessuno di loro aveva intenzione di entrare nella casa dei sette specchi, sentivano che la terra faceva loro il solletico fra le gambe.

«Vado bene?»

«Sì, amico. Salute.»

Il capitano fumava in coperta. Ascoltava assente le istruzioni del pilota. Alla fine, sbadigliando, firmò la ricevuta che l'altro gli aveva compilato.

«Andarono in questo modo?»

«Suppongo di sì. Ma dimmi, dimmelo anche tu che avevo capito di non avere più nulla da fare in quella casa. Dimmi che gli sguardi sprezzanti erano scomparsi con l'alba e che il salone puzzava di tabacco e di sudore. Il giradischi continuava a funzionare con un'eco magnetica francamente fastidiosa. E io cercavo di ricordare con esattezza cosa era successo, ma un dolore acuto all'occhio sinistro mi fece alzare in piedi e, mezzo stordito, raggiungere il bagno. Quando passai davanti alla stanza di Rosa, la vidi. Avevano la-

159

sciato la porta socchiusa e riuscii a scorgere il suo volto madido di sudore. Vidi anche un braccio che le cingeva la schiena. Un braccio robusto, peloso, un arco di scure alghe marine. Mi fermai davanti allo specchio e osservai la mia faccia livida dai colpi. Le labbra gonfie, i capelli arruffati, con attaccate delle croste di sangue. Mi resi conto ancora una volta che avevo perso il mio posto in quella casa. 'È vecchio, ma picchia forte.' Ecco cosa pensai.»

E Alberto aveva ragione. Il Negro picchiava forte e conosceva tutti i trucchi di una bella zuffa. Il Negro aveva sulle spalle molti anni di porto, molti anni dietro sbarre che lasciano filtrare a scacchi i raggi del sole, molti anni passati a masticare rancore e ad affilare la vendetta.

«Lo specchio ti restituì un'immagine sconfitta, ma tranquilla. Dopo tutto, il conto era saldato e per voi due terminava finalmente il lungo tempo dell'attesa. O sbaglio?»

«È vero. Io ci pensavo alla faccenda. La faccenda. Vari anni prima, una sera, vagabondavo vicino a Quintero e all'improvviso vidi che da una barca lanciavano dei pacchi alla deriva. Aspettai che cadesse la notte, mi spogliai e nuotai fino agli involucri. Erano dei sacchi di tela impermeabile, e dentro c'erano centinaia di stecche di sigarette yankee. Un tesoro, amico, e io sapevo benissimo chi era il padrone. Al porto non ci sono segreti. Il Negro non fece grande fatica a scoprire il nome del ladro e lo affrontò pochi giorni dopo vicino alla caletta El Membrillo. 'Lei ha preso qualcosa di mio, socio', fu tutto quello che riuscì a dire il Negro.»

Alberto era stato ancor più svelto a rispondere. Gli aveva piantato in corpo la lama di acciaio fino all'impugnatura e aveva sentito sulla mano il calore del sangue del Negro, che cadde cercando una parola introvabile.

«Il Negro fu interrogato all'ospedale, ma non cantò. Il problema è che in una tasca gli trovarono cinque grammi di neve, di quella migliore, pura, bianca, non ancora tagliata, e le giuro, amico, che non fui io a mettercela. Non ho mai fatto affari con la coca.»

«Chi fu allora?»

«Che ne so. Gli stessi sbirri, per averlo in pugno e obbligarlo a vuotare il gozzo sul carico di contrabbando.»

«A cosa pensavi mentre lasciavi la casa?»

«A lui. A lui che occupava il mio posto nel letto, all'odore di Rosa, all'odore delle lenzuola. 'Buon pro ti faccia, vecchio mio', pensai. 'Dopo tutto ti sei sciroppato cinque anni di gattabuia.'»

«Non pensavi al tedesco?»

«No.»

Per Hans Schneider era stata la ventunesima crociera nelle acque del Pacifico meridionale. Come era sua abitudine, il primo saluto l'aveva rivolto ai gabbiani che si erano posati accanto allo scolo della cucina. Al tedesco piaceva Valparaíso. Diceva sempre che quello era il suo ultimo viaggio, che avrebbe gettato l'ancora e avrebbe sposato una delle ragazze del Roland, ma ogni volta era sempre in piedi in coperta al momento di salpare, agitando la sua mano bianca, riempiendosi gli occhi di colline e di gatti.

Quando il Negro era entrato nel Rolandbar, i clienti erano raggruppati sotto il timone del *SS Holmurd*, che faceva da lampada. L'uomo sentiva nel sangue una vecchia passione resuscitata, e a ragione. Cinque anni di carcere erano un motivo più che sufficiente. Le femmine introdotte di contrabbando nel parlatorio non erano che sesso incatenato. Il Negro cercava Rosa. Aveva bisogno dei suoi seni ancora sodi nel ricordo, delle sue labbra carnose, della sua allegria da ballo, della sua fedeltà così particolare, quando aveva bisogno di lei.

Trovò uno stuolo di marinai panamensi che tradivano la loro origine al suono di ritmi tropicali, e qualche ruffiano forestiero.

«Dove si incontrarono Rosa e il tedesco?»

161

«All'Herzog. Come sempre.»

Il solito vecchio albergo. Salirono nella stanza. La donna si spogliò in silenzio e, vedendo quella carne così nota, il tedesco l'accarezzò e le disse che era tardi, che si sentiva stanco, che voleva semplicemente dormire in compagnia per qualche ora.

La donna capì e avvicinò la testa al tedesco. Lui fu disgustato dall'odore di lacca, ma l'abbracciò ugualmente e si addormentarono.

«Lo vidi non appena entrai nel Roland. Il negro mi voltava le spalle conversando con i panamensi. Volevo andarmene, ma qualcosa più forte della paura mi disse che il momento era arrivato. Non si può vivere sempre in attesa. Frugai nella tasca della giacca, e la freddezza del Solingen mi fece sentire protetto. In quel momento entrarono Rosa e il tedesco. Erano abbracciati e non si accorsero né della mia presenza né di quella del Negro. Si sedettero nell'angolo buio dei salvagente. Il Negro si avvicinò lentamente. Non disse nulla. Si limitò a fermarsi davanti a loro.

«Negro, sei uscito!» esclamò Rosa.

Hans Schneider fece per andarsene, conosceva la storia dell'uomo, ma lui lo trattenne.

«Rimanga, amico. So che lei è un brav'uomo.»

Ordinarono del vino e bevvero senza grandi discorsi. Rosa accarezzava un braccio al Negro.

«E tu? Che facesti?»

«Mi avvicinai anch'io al tavolo. 'Eccomi qua', dissi semplicemente.»

«Vedo», ribatté l'uomo. «Mi sembra che lei e io abbiamo un piccolo conto in sospeso.»

«D'accordo. Regoliamolo, se vuole. Ma prima mi lasci spiegare che non sono stato io a metterle in tasca la coca. Non mi piace beccarmi le colpe degli altri.»

«So anche questo.»

«Allora?»

«Abbiamo tempo. La notte è lunga. A volte può durare cinque anni.»

Alberto aveva fatto un passo indietro. Un lampo d'acciaio balenò nell'atmosfera tesa e l'aria si tinse di rosso. Sulla fetida superficie del pavimento di tavole si sentì la respirazione ansimante di Hans Schneider. Aveva fermato col petto l'unica pugnalata che aveva solcato l'aria della sera e che aveva deviato dalla sua destinazione originaria in un batter d'occhio.

Alberto impugnava il coltello. Guardò il Negro con odio e fece per risollevarlo, ma ormai era tardi. I pugni dell'uomo gli tempestarono talmente il volto che quando lasciò andare l'arma aveva un brulichio di vespe nella testa e aspettava soltanto di sentir entrare la lama in qualche punto del corpo.

«Ma non successe niente. Mi svegliai sulla poltrona, tutto indolenzito e sorpreso di essere ancora vivo.»

«A che altro pensavi mentre lasciavi la casa?»

«A un'espressione. 'Omicidio preterintenzionale'. E al tempo stesso: 'Cinque anni, ma visto che sono un novizio, dopo tre mi lasciano andare'.»

Alberto si era avviato verso il commissariato: lungo la strada aveva comprato un giornale, sigarette, uno spazzolino da denti, e quando era passato dal porto, non si era sorpreso per la folla di uomini che aspettavano vicino al cargo. Al porto non ci sono segreti. Tutta Valparaíso sapeva già che sulla barca panamense c'era un posto vacante.

QUANDO NON HAI UN POSTO DOVE PIANGERE

«Ma i miei dei sono deboli ed esitai.»
Antonio Cisneros

Quando non hai un posto dove piangere, ricordati delle mie parole e va' a casa di Mamma Antonia.

È molto facile trovarla: ti basterà chiedere agli uomini del molo e, senza troppi discorsi, ti diranno come arrivare al vecchio casone di legno.

È probabile che il portico ti stupisca e ti confonda. Penserai di esserti sbagliato e di trovarti davanti alla casa dell'arcivescovo, ma non ti fermare, va' avanti, varca la porta a vetri ignorando i volti androgini dei cherubini che ornano i muri, e suona una sola volta il campanello della pensione. Verrà ad accoglierti un essere uscito dalle viscere della terra.

È un uomo strano, naturalmente. Nei bar del porto raccontano che un tram gli mozzò tutte e due le gambe mentre fuggiva da un marito geloso e che, strisciando, andò a sfogare le lacrime della sua tragedia a casa di Mamma Antonia. Si dice anche che lei ebbe pietà di quel mezzo uomo agonizzante e che, dopo aver pagato la cauterizzazione dei monconi, dette ordine di costruirgli una pedana dotata di un complicato sistema di molle che lo sveglia al rumore del campanello e lo spinge verso l'alto come un pupazzo. Sono molte le cose che si dicono nei bar del porto, ma sai com'è la lingua degli stivatori.

Il mezzo uomo tirerà fuori un registro logoro. Vi annoterà il tuo nome, l'età, l'occupazione conosciuta e infine chiederà il motivo del tuo pianto. Se quest'ultimo non l'hai del

164

tutto chiaro o se non l'hai per nulla, non ti preoccupare. Fa parte del servizio della casa fornire buoni motivi per piangere gridando, o in silenzio. Questo è del tutto a tua scelta.

Il mezzo uomo salterà su un carrettino e ti guiderà in un corridoio scuro finché non troverai una porta aperta. Vedrai che nella stanza c'è un letto, una sedia e uno specchio.

Ti sentirai nervoso, è più che certo, ma devi aver fiducia, fiducia in Mamma Antonia, questa è l'unica cosa importante. Sarai preso da un irrefrenabile desiderio di fuga, ma quando vorrai soddisfarlo, vedrai che la soglia della porta è occupata da una donna grassa, enorme, di dimensioni tali che riesce a stento a entrare nella stanza.

Senza dire una parola, avanzerà ansimando verso di te, ti spingerà sul letto, si getterà su di te e ti bacerà in bocca infilandoti dentro la lingua fino alle tonsille. Quando comincerai a sentirti soffocare, si farà da parte e inizierà a spogliarsi senza smettere di guardarti. Non ti allarmare. Ti guarderà con odio. Con un odio incontenibile che aumenterà i suoi ansiti. Lei è Mamma Antonia.

Vedrai un caos di carni scure. Un universo di tette voluminose come zucche, capezzoli grandi quasi quanto un pugno chiuso, una botte da cui spuntano due gambe immensamente grosse, e in mezzo, sotto pieghe di grasso, riuscirai a scorgere il vello rado di un pube segreto.

Ti accorgerai inoltre che quella montagna di carne è in perpetuo movimento, che basterebbe un buon pugnale per aprire quel sacco e spargere quell'essere gelatinoso per tutta la stanza. Lei non dirà una parola. Si limiterà a gemere mentre ti assedia, poi ululerà come un lupo dimenandosi in una folle cerimonia d'invito al suo corpo.

Ti sentirai in trappola e dal tuo posto, la stanza ha quattro angoli e non importa quale sceglierai per rifugiarti, la vedrai sudare, grondare incessantemente, ti accorgerai che dal suo ventre manda un rumore come di rospi scoppiati, vedrai i suoi occhi bianchi, la sua lingua di proporzioni indicibili penzolarle fra le labbra, e dal digrignare dei suoi denti ti renderai conto della potenza dei suoi orgasmi, e capirai che è instancabile guardando come la sua mano destra va e viene perdendosi fra le gambe.

Allora sarai tu a gemere, spaventato dalla tua stessa eccitazione, ma non preoccuparti, ricorda che nulla di ciò che proviene dal desiderio è osceno.

Getterai via disordinatamente i tuoi vestiti e ti lancerai su quella montagna, ansimando anche tu come un cane. Avrai la sensazione di sprofondare ovunque in quella carne calda e sudata. Bacerai, morderai, cercando di far male, di causare dolore, dolore che liberi, colpirai cercando col tuo sesso l'orifizio segreto, ti ingannerai sentendo che la verga, goffa e cieca, aggredisce e si svuota senza riuscire a spegnere il tuo crescente desiderio. Vorrai fare qualcos'altro, il dannato qualcos'altro della vergogna, ti ricorderai di avere una lingua e, quando tenterai di introdurla fra le due colonne delle sue gambe, Mamma Antonia ti scaraventerà da parte, perché disturbi la valanga di piacere onanista che si avvicina.

Ora sì che ti rialzerai atterrito, ora sì nauseato. Cercherai la tua immagine nello specchio, ma non ci sarà. Solo Mamma Antonia comparirà sulla sua superficie, solo quella massa gemebonda, soffocata a tratti dalla sua stessa saliva.

Ti vestirai in fretta e furia, cercherai di aprire la porta, scoprendo che è chiusa dall'esterno, griderai chiamando il mezzo uomo perché ti faccia uscire, gli offrirai del denaro, il tuo orologio da polso, tutto quello che hai addosso purché ti apra la porta, ma le grida di Mamma Antonia saranno più potenti delle tue e senza rendertene conto starai piangendo, in ginocchio, graffiando la superficie di legno.

Piangerai ignorando il tempo. Passerai dal pianto frenetico a quello pieno di pause, quasi silenzioso, dell'innocente, e quando sarai stanco, ti volterai per scoprire che Mamma Antonia è vestita, seduta sul letto, e ti guarda con compassione. Ora piangerai di vergogna, lei ti chiamerà al suo fianco e ti accarezzerà la testa, ti soffierà il naso, ti asciugherà la saliva, ti chiederà se adesso ti senti meglio o se preferisci piangere di nuovo. Se decidi di rifarlo, non ti preoccupare, all'uscita la casa fa comunque omaggio di una goccia di limone in ogni occhio e di un cubetto di ghiaccio per sgonfiare le palpebre.

SEGRETERIA TELEFONICA

«Buongiorno. Questa è la segreteria telefonica di qualcuno che, o non è all'altro capo della linea, o per motivi diversi si rifiuta di rispondere. Se mi conosce, si sarà reso conto che la voce che in questo momento le parla non è la mia. Una delle doti della segreteria telefonica è che, oltre a salvaguardare l'intimità, assicura anche impunità. Questa voce è noleggiata. Appartiene a una di quelle persone, ce ne sono a migliaia, che in cambio di un po' di banconote sono capaci di prestare l'anima. Non è la mia voce. Ma se lei non mi conosce, se è la prima volta che compone il mio numero, tutto ciò non deve importarle. Diciamo allora che in teoria non ci sono, o che qualche anomalia fisica mi impedisce di arrivare all'apparecchio, o che semplicemente non ne ho voglia. È anche possibile che io non sia più di questo mondo. Ha letto il giornale? Ha ascoltato il notiziario? C'è stato un incidente orribile nel cuore della notte. No. Non riattacchi. Non ha senso che vada a guardare il giornale aperto sul tavolo. Non troverà il mio nome nella lista delle vittime. Non riappenda. Era uno scherzo, di pessimo gusto, lo riconosco, ma non se n'abbia a male. Torniamo indietro: le dicevo che sta parlando con la segreteria telefonica di, be', lei sa chi. L'essenziale è che in questo momento non parla. Se ne rende conto? Questo rapporto minimo che dura un po' più di un minuto si basa su una bugia e lei se l'è bevuta. No. Non riattacchi. Non deve nemmeno dubitare della mia sanità mentale. L'aver conquistato la sua attenzione per tanto tempo è un'indubbia prova di acume. Le ho detto tutto questo perché mi piace giocare pulito. Ora lei si stupisce, fa appello ai ricordi più immediati, perché l'accenno a giocare pulito è indissolubilmente associato all'eventualità di una minaccia. Ma non si preoccupi. Non la sto minacciando. Non sto nemmeno lanciando un avvertimento. Non ancora. Le spiegherò questo discorso del giocare pulito, e per riuscirci ricorrerò alla fonte primigenia della nostra cultura: il cinema. Ha visto come fanno i poliziotti a scoprire da dove telefonano i criminali? Consigliano alla vittima di farli parlare, di far sciogliere loro la lingua per almeno due minuti, il tempo necessario perché il computer centrale della polizia lavori freneticamente, scartando le altre possibilità, e alla fine trovano il luogo esatto da dove chiama il criminale. E tutto in due minuti. Il tempo è prezioso. Perché le dico questo? Le ripeto che mi piace giocare pulito. Accanto alla segreteria telefonica ho un computer molto più efficiente di quello della polizia e so da dove lei mi sta chiamando. La sorprende? Ma per favore, oggi la tecnologia è alla portata di tutti. Suppongo che lei ora stia sorridendo e va benissimo. Allo stesso tempo, immagino che i suoi nervi si siano tesi e le stiano dicendo che questa sciocchezza sta andando troppo per le lunghe. Anche questo è vero, ma, e ora sì l'avverto, lei deve continuare ad ascoltare questa voce, che non è la mia, finché il segnale convenuto non le dirà che è il suo turno e finalmente s'interromperà la bugia e potrà parlare. È giunto il momento della sincerità: ho guadagnato tempo, primo per scoprire da dove mi chiama e poi per vedere che genere di persona è lei. No. In questo momento indovino la sua espressione di stupore e le assicuro che è assolutamente inopportuna. Neppure questo «ma se ci conosciamo» è giustificato. Deve sapere che solo la distanza permette la vera conoscenza. E per quanto riguarda la rispettosa forma di cortesia, be', così vuole il rituale. No. Non riappenda. Non sia banale. Questo «lo scherzo si è spinto troppo oltre» che le viene alle labbra scredita il suo talento, sì, perché ascoltare si è trasformato in un vero e proprio talento e coloro che lo possiedono si possono contare sulle dita di una mano. Le ripeto per l'ultima volta che mi piace giocare pulito. Lei continua ad ascoltare una voce che non è la mia, ed è già da diverso tempo che sono uscito di casa. Sto venendo nel posto da cui mi chiama. È possibilissimo che lungo la strada mi sia fermato a comprare fiori, o una bottiglia di champagne, o una cravatta di seta, o dei pendenti a forma di pavone. Sono i dettagli che esige il rituale. Ma è anche possibile che mi sia fermato davanti a un'armeria e ora stia salendo le scale che mi porteranno nel suo appartamento nascondendo un mostruoso coltello con la lama dentata e la doppia scanalatura, uno di quei coltelli che – di nuovo i riferimenti culturali cinematografici – abbiamo visto in mano a Rambo, o come si chiama quel grottesco macellaio statunitense. No. Non riattacchi. Si avvicina il suo turno. Finalmente. Dopo aver sentito i tre segnali acustici, potrà registrare il suo messaggio. Ha a disposizione tre minuti, ma prima di farlo, e questa sarà la prova definitiva che mi piace giocare pulito, le consiglio di andare alla porta e là decidere se lasciarla leggermente socchiusa come un invito, o se sbarrarla mettendo la catena e dando due giri di chiave. Questa decisione è sua. Non posso né devo prendervi parte. Ricordi che le parla una voce noleggiata da qualcuno che in realtà non si trova all'altro capo del filo.»

170

MY FAVOURITE THINGS

Se ne sta tranquillamente seduto a contemplare l'immobilità della sera. Gioca a indovinare riflessi d'acqua sulla finestra, lampi di luce esterna che filtrano tra le piante, e a volte guarda l'orologio senza la minima intenzione di sapere l'ora esatta per la semplice ragione che non gli importa.

Non c'è niente di più immobile della sera con la sua sfilata di morti che si rivelano nelle tende chiuse delle finestre, nelle scintille agoniche che rischiarano interni addormentati, nelle inferriate che frustrano qualsiasi desiderio di uscire a comprare sigarette, nell'illuminazione fioca della strada che proietta obelischi sul selciato. La sera s'attacca al fumo della sigaretta, acquista una perenne sfumatura azzurra, così lieve che si infrange quando lui ricorda di aver appena letto un articolo sulla morte di Thelonius Monk e gli sembra stupido essere rimasto lì sorpreso in mezzo alla strada dall'annuncio e dalla preghiera funebre per un uomo che non ha mai conosciuto e dal quale lo ha sempre separato una distanza tale che mettersi a calcolarla ora, magari consultando l'enciclopedia, significherebbe solo contribuire a rendere ancora più profondi questa immobilità di ombre e quest'odore di urina.

Sa che da qualche parte in casa ha un nastro del quartetto di Thelonius Monk e sa anche che è John Coltrane a suonare il sax soprano, e che la prima volta che ha ascoltato *My Favourite Things* è stato ormai talmente tanto tempo fa che non vale la pena ricorrere ai calendari del ricordo.

171

Cerca a quattro zampe, spolvera uno dopo l'altro i nastri, legge pigramente le annotazioni fatte con inchiostro colorato, osserva il passare degli anni nelle scritte ormai sbiadite, e finalmente trova il nastro che desidera.

My Favourite Things e Thelonius Monk appena morto all'altro capo del mondo e forse con lo stesso odore di sigarette che ora invade questa stanza in cui la sera si è fermata con tutto il suo peso. Suona il sax soprano il soffio sensuale di John Coltrane.

Stappa una bottiglia di vino e poi si prepara a rendere il suo omaggio postumo al morto che grida dalle pagine del giornale. Mette la cassetta nel registratore e si siede in attesa delle prime note, ma l'unica cosa che gli arriva alle orecchie è il ronfare meccanico di un gatto asmatico.

Pensa che sia un difetto di registrazione, è naturale, le prime cassette sono state incise senza cura, appropriandosi della musica alla svelta, imprigionando le tonalità che hanno colmato sale di altri tempi, senza altra preoccupazione che l'idea possessiva di non dimenticare: quella musica era stata una testimonianza di un'epoca con un inizio e una fine prestabiliti, anche se era forse prematuro, o tardivo, fare valutazioni al riguardo. Così passano alcuni minuti che diventano insopportabili e arriva alla conclusione che la cassetta è rotta. Troppo tempo senza essere ascoltata, troppi viaggi: forse con qualche goccia d'olio riprenderà a funzionare.

Allora va in cucina, torna con il coltello del pane, sventra la cassetta e scopre che il nastro è tagliato, quasi impercettibilmente tagliato, e tira un sospiro di sollievo.

È di nuovo per terra a quattro zampe, in un atteggiamento attento come quello di un chirurgo davanti a un'emergenza. Suda un po', le dita gli sembrano troppo grandi, troppo goffe per portare a termine una missione così delicata, ma alla fine ci riesce. Richiude la cassetta, con l'aiuto di una penna dà una tensione accettabile al nastro, lo infila nel

172

registratore e si dispone, ora sì fiducioso, in pochi secondi con *My Favourite Things* a risolvere ogni elucubrazione sull'immobilità della sera, e per coronare il trionfo raggiunto si versa un bicchiere pieno fino all'orlo.

Sulle prime, si sorprende per ciò che sta ascoltando. Pensa che possa essere un effetto non ricordato, ma si rivela indiscutibilmente un pianto, sì, è un pianto di donna, un pianto leggermente soffocato, e dietro il pianto si sentono delle voci, sono parole di conforto, ma i messaggi sono emessi in un tono così spento che non riesce ad afferrare bene il contenuto, allora si rimette in piedi, alza il volume, incolla le orecchie all'altoparlante e può riconoscere la donna che piange. È sua madre.

La voce parla fra singhiozzi di sogni e di speranze, là, sull'altra riva del grande mare, piange lacrime dolci, ma desolate, e sopra le frasi di conforto, riesce ad articolare alcune parole più comprensibili, qualcosa come che aspettava da sempre quella notizia, qualcosa come che pena non poter essere là con lui, e poi riesce a riconoscere fra le altre la voce di suo fratello: è la più forte e decisa, è la voce che a volte mastica con tutto il rancore possibile la parola merda; dopo si distinguono le voci di zii e di altri congiunti più lontani, al di là dei riferimenti che a volte regala la memoria. Parenti e amici a cui tante volte aveva promesso una lettera che si era fermata all'intestazione ed era finita nel cestino della carta straccia assieme ai tappi, ai mozziconi delle innumerevoli sigarette fumate in notti di attesa e di seme involontario.

Ascolta in piedi, con la fronte appoggiata ai vetri, ma dietro la finestra non ci sono che le ombre di una sera agonizzante, e le voci si succedono e c'è un rumore di tazzine e sussurri che offrono un bicchierino di cognac e qualcuno, sempre impersonale, che dice di servire la vecchia, e poi pause di cui approfitta sfacciatamente il gatto asmatico per far scivolare le sue fusa tra i discorsi, il gatto invisibile che

173

abita in tutti i registratori del mondo e offusca la voce dello zio Julio, il quale dice che fortunatamente la previdenza sociale del paese in cui si trova è abbastanza efficiente, e i parenti più lontani confermano con le loro lodi la perfezione della burocrazia europea, e tutti sostengono in coro che non c'è più da preoccuparsi, che per quanto queste cose siano sempre dure, bisogna pensare che ora quel poveretto riposerà davvero, sappiamo tutti che era uscito dal carcere abbastanza malato, non aveva mai detto nulla, il poveretto, così uomo fino alla fine, conclude una voce che si offre di sbrigare le formalità al consolato e di consultare tempestivamente l'indomani i prezzi della Lufthansa, ma forse gli sarebbe piaciuto riposare in questa terra accanto al vecchio: sì, è quello che gli sarebbe piaciuto, e preme il bottone dello stop.

Guarda la strada e gli sembra più solitaria e immobile che mai. Si accinge a uscire, ma stavolta senza portarsi via le chiavi perché sa che non varcherà mai più questa soglia fetida di urina, che non abiterà mai più in quest'appartamento da uomo solitario, e che non ascolterà mai più *My Favourite Things* interpretata dal quartetto di Thelonius Monk con John Coltrane che suona il sax soprano.

L'ULTIMO FACHIRO

Certo che è vero.

Nessuno può dire che lei abbia avuto un amico migliore di questo che ora le parla ingoiando le lacrime, e anche se sono state poche le persone che ci hanno conosciuto, io credo che tutti si siano accorti di questo affetto immenso che si faceva notare così, pian piano, come si esprime il vero affetto tra uomini, che a volte non ha bisogno di grandi parole, basta riempire il bicchiere senza versare il vino.

Semplice affetto maschile. Affetto, un pacchetto di sigarette gettato sul tavolo senza alcuna spiegazione se non la voglia di fumare che si è intuita. Affetto, silenzio e pacca sulla spalla dopo aver ascoltato per ore e ore la sfilza di disgrazie che l'hanno sempre perseguitata. Affetto maschile che quasi tutti hanno notato, quasi tutti, meno lei certamente.

Si ricordi, amico, perché siamo amici, no?, si ricordi che sono stato io una mattina a dirle di fare come gli artisti di teatro, che al massimo danno due spettacoli al giorno. Si ricordi che sono stato io a insistere perché si desse importanza e rispettasse il pizzico di talento che a volte ci vien fuori dall'angoscia e dallo stomaco vuoto. E si ricordi anche che sono stato sempre io ad arrivare un giorno con il cartello appena preparato con del cartoncino bianco. Mi venne così carino! Me lo ricordo ancora bene.

*

175

«Ormai, sul suo valore non c'è più alcun dubbio e la verità s'impone in questo mondo di farsanti. La stampa e la televisione lo hanno dimostrato a milioni di increduli. Alì Kazam è l'ultimo vero fachiro che ci resta. Alì Kazam mangia lampadine elettriche come se fossero wafer e ingoia lamette per radersi come chi prende analgesici. Alì Kazam compie queste prodezze grazie alla dieta vegetariana che sopporta con più coerenza di un cavallo. Alì Kazam è magro, ma sano, ed è grato per la collaborazione al rispettabile pubblico che osserva attonito i suoi spettacoli. Due volte al giorno Alì Kazam ingoierà davanti a voi ogni genere di vetri e di oggetti metallici, ritirandosi poi a riposare, a meditare, seduto su una tavola piena di chiodi.

Venga, signore, assieme alla sua famiglia, a vedere Alì Kazam, l'ultimo vero fachiro che ci resta in questi tempi di truffe e imitazioni. Alì Kazam si esibirà solo per pochi giorni in questa cittadina prima di proseguire il viaggio che ha iniziato nella sua patria, la lontana e misteriosa India, in cerca della pace e della verità.»

E mi scusi se glielo ricordo, amico, perché siamo amici, no?, ma sono stato sempre io a trovarle il nome, perché se non ci fossi stato io, lei con la sua idea del «Gran Mauricio» non sarebbe arrivato neppure all'angolo. Perfino il turbante gliel'ho fatto io, amico, copia fedele di uno comparso su *Selezione*, perché a volte leggere serve a qualcosa. Mi è venuto fuori un turbante degno di un sultano, molto diverso da quella montagna di cerotto che le piazzavano in testa al circo.

Se io ora le dico tutte queste cose, amico, non lo faccio perché mi restituisca qualche favore. No. Quel che è fatto è fatto, voglio solo ricordarle che senza di me non si sarebbe mai esibito e che il suo nome d'arte si sarebbe letto al massimo su qualche giornale.

Ricordi che al circo alla fine l'avevano lasciata lì perché cambiasse la segatura su cui pisciavano i leoni, perché quando le venne il crampo nel bel mezzo della serata di gala fu fin troppo chiaro che come uomo di gomma lei non aveva alcun talento. E allora chi badò al suo corpo mingherlino, tutto un tremito, che cercava inutilmente di togliersi la gamba dalla nuca? Be', io. Il suo amico.

Ricordi che mi avvicinai, senza far caso alle grasse risate del rispettabile pubblico e ignorando gli insulti dell'impresario, l'aiutai a sciogliersi e le dissi: «Amico, a guardarla bene, ha un'irresistibile aria da fachiro», e lei mi fissò con quei suoi occhi, occhi da vitello sulla soglia del sacrificio, e non aveva neppure la minima idea del fantastico futuro che le stavo preparando.

Chi le prestò i libri di Lopsang Rampa perché imparasse qualcosa sull'India?

Be', io. Il suo amico.

Chi non fiatò neppure quando lei scambiò i libri senza averli nemmeno letti con alcuni bottiglioni del vino rosso più schifoso?

Il sottoscritto. Il suo amico.

Ricordi che sono stato io a insegnarle come fanno quelli della marina mercantile per masticare i vetri fino a ridurli in polvere e nasconderli sotto la lingua. Ricordi che le ho trovato io le fiale di colore, di quelle che portano i maghi nel cappello quando fanno il trucco delle uova, e ricordi, amico, che le ho comprato io le bottiglie dell'acquavite più forte che c'è, della grappa di conceria insomma, perché le si seccassero le gengive e le si indurisse la bocca. Ci pensi bene, amico, e mi dica se non sono stato io a insegnarle come mettersi le lamette fra i denti, lentamente, molto lentamente, senza toccare le gengive, per poi poterle spezzare muovendole con la lingua. E non dimentichi quanto mi è costato trovare le iniezioni d'anestetico per quando faceva il numero di trafiggersi le braccia con gli spilli.

177

Non è che io le stia chiedendo nulla, amico, perché siamo amici, no? Voglio solo dirle che nessuno, neppure lei, può dire di aver avuto un amico migliore di me in vita sua. L'amico che l'ha addestrata, che l'ha portata per mano sulla via del successo e le ha fatto bere il vino dell'applauso. Io insomma, il suo amico, colui che l'ha resa un artista.

Ma lei, e mi scusi se glielo dico proprio adesso, in queste circostanze così ridicole, è sempre stato cocciuto, più cocciuto di un mulo.

Le ho ripetuto tante volte: «Amico, bisogna capire che al di là del talento ogni uomo ha i suoi limiti», ma parlare con lei, amico, diventava sempre più impossibile, forse, ora che ci penso, perché pian piano la fama le aveva dato alla testa.

Ricordi che per poco non mi ha fatto morire di bile tutte le volte che si è bevuto l'acquavite senza aver fatto alcuna prova, e io ho dovuto spiegare al rispettabile pubblico che la sua camminata barcollante non era la conseguenza di una sbornia, ma la naturale debolezza del digiuno osservato da ogni fachiro che si rispetti, o per essere più esplicito, ricorda, amico, quella volta in cui riuscii a farle avere il primo spettacolo in televisione?, ricorda che la sera precedente, senza dirmi neppure mezza parola, lasciò il mantello in pegno in un postribolo? Dovetti girare tutti i bordelli del porto per recuperare il vestito da fachiro e, chiedendo alle puttane, alla fine trovai il mantello che faceva da tovaglia su un tavolo lurido. «Le compro la tenda», mi disse un finocchio vestito da ballerino di fandango, come se non mi ci fossero volute venti notti, passate a bucarmi le dita, per ricamarle i segni zodiacali nello stesso ordine in cui compaiono sull'almanacco Bristol.

Quante volte le ho detto: «Amico, non esca a bere con il vestito da fachiro, non vede che la prendono per pazzo?» E lei, batti e ribatti, che la scambiavano per l'ambasciatore del Pakistan.

Ah, amico! Caro amico, mi scusi se glielo ripeto, ma lei è stato testardo, più testardo di un mulo.

Ora che sono qui seduto, ora che ho fumato quasi un pacchetto di sigarette, ci penso e ci ripenso e per quanto questa storia mi rigiri nella testa non riesco a immaginare dove diavolo abbia scovato la sciabola. Secondo il nano, lei ha detto con parecchi bicchierini in corpo: «È arrivato il momento che Alì Kazam faccia un numero mai visto in questo circo di merda. È arrivato il momento che Alì Kazam, l'ultimo fachiro, la smetta di mangiare chiodi e bullette da calzolaio e ingoi una sciabola intera. Una sciabola da cavalleggero, senza sale e fino all'impugnatura».

Quando mi hanno chiamato, amico, io ero tranquillamente seduto davanti al mio bicchierino di vino, lo sa, quei bicchierini tranquilli che mi bevo, quei bicchierini in santa pace, quei bicchierini silenziosi con cui mi concentro e creo pian piano i nuovi numeri con cui raccogliamo tanti applausi. A essere sincero, amico, stavo pensando a un numero fantastico, una prova spettacolare per la quale avevamo bisogno soltanto di iniettarle una doppia dose di anestetico nelle braccia e, al di là di tutto, stavo imparando ad avere fiducia in lei. Ero sul punto di fidarmi di lei e come prova, amico, ricordi che l'avevo lasciata solo negli ultimi tre spettacoli, ma vede, lei non si è mai guadagnato fino in fondo la fiducia della gente, sempre con le sue uscite strampalate dell'ultimo minuto.

Quando mi hanno chiamato, amico, sono venuto di corsa. Lei sa che non l'ho mai abbandonata nei momenti di difficoltà, e mi scusi, amico, ma giuro che mi è venuto da ridere quando ho visto che la portavano via seduto sulla barella, con le gambe incrociate, la bocca terribilmente aperta e mezza sciabola infilata in corpo.

Sul momento, per poco non casco giù stecchito dalla sorpresa, ma alla fine mi ha fatto ridere vederla in quella situazione, con gli occhi chiusi e due rivoli di sangue che le cola-

vano dalle labbra. Mi ha fatto ridere vedere che gli infer-
mieri le tenevano le mani perché non cercasse di togliersi la
sciabola da solo, o di infilarsela fino in fondo per vincere la
scommessa.

Mi scusi se glielo dico adesso amico, ma lei non sarebbe
mai cambiato.

Un infermiere mi ha comunicato che le hanno tolto la
sciabola e che presto me la ridaranno. Io ho chiesto se era la
sciabola che mi ridavano, e l'infermiere mi ha detto anche
quella, ma che si riferiva a lei. «Appena hanno finito di
rammendarlo, glielo consegnamo», mi ha spiegato.

Fuori c'è una donna che piange. Amico, perché non mi
ha detto che era sposato? Mi ha gridato un sacco di insulti e
ha minacciato di mandarmi in galera perché sono responsabile della sua sciocchezza di credersi un fachiro. Io ho ingoiato gli insulti, amico, lei mi conosce. L'unica cosa che le
ho detto è «io gli ho insegnato un mestiere, signora, diciamo che sono il suo *manager* e al tempo stesso il suo migliore
amico», ma lei continua a gridare là fuori che io sono l'unico responsabile della sua follia.

Però eccomi qua, amico. In attesa che lei mi venga ricon-
segnato, forse avvolto nello stesso mantello che le ho ricamato e che ci ha fatto passare tanti bei momenti, forse dentro un lenzuolo o a un sacco di plastica. Non importa. Lei
ha qui il suo amico, il suo migliore amico, sempre pronto,
come ai bei tempi.

Non so cosa succederà poi, ma voglio che adesso una cosa
sia ben chiara: io sono stato il suo migliore amico, quello
che le ha insegnato i trucchi che lasciavano la gente a bocca
aperta, quello che le ha ricamato il mantello e le ha comprato i talismani portafortuna, quello che adesso le tiene compagnia dietro un muro bianco, quello che dovrà pagare la
cassa, i ceri e il prete, quello che otterrà la corona a nome
del sindacato circense, quello che lotterà perché la sua morte venga considerata un incidente sul lavoro, quello che

chiederà un minuto di silenzio per l'anima di Alì Kazam durante lo spettacolo di questa sera.

Si sta aprendo una porta, amico. Due uomini escono con una barella e riesco a riconoscere una delle sue babbucce a punta.

Uno degli uomini chiede: «Chi si prende il cadavere?» e rispondo: «Io, signore».

«Parente?» chiede l'infermiere.

«No, il suo migliore amico», gli dico, perché è proprio così.

DESCRIZIONE DI UN LUOGO SCONOSCIUTO

L'origine delle relazioni che parlano della città è incerta. D'altronde, l'inerzia degli storici, degli archeologi, degli antropologi, degli etnologi e degli altri scienziati che insistono nell'accusare di ciarlataneria chi ha riferito la storia, contribuisce a mantenere l'incertezza.

Quanto detto non deve sorprenderci. Sappiamo che la conoscenza è parziale e si basa su arbitri. Proprio così. Il botanico che sta per scoprire la sessualità del ficus inizia il suo lavoro cercando conferma della conclusione ermafrodita che ha già tracciato.

Se dopo vent'anni la verità, che è sempre casuale, insiste nel dimostragli il peccaminoso gioco della copula che ha luogo in ogni vaso, il botanico non esiterà a proclamare l'assoluta degenerazione del ficus e suggerirà di proibirne la coltivazione in tutto il mondo.

Torniamo alle relazioni che parlano della città. Forse l'unico riferimento storicamente rigoroso è quello di Juan Ginés de Sepúlveda, l'Umanista, contemporaneo di fra Bartolomé de las Casas, che nel 1573, sentendo arrivare la morte, raccolse attorno a sé i pochi amici e congiunti che non si univano al pubblico dileggio suscitato dalle sue idee. Questi accorsero al suo capezzale di moribondo attratti più dalle voci di un possibile testamento che da altre considerazioni di ordine pietoso.

L'Umanista, nel suo letto di anziano ancora lucido, ma consumato dalle febbri di petto, divise con equanimità i pochi beni che possedeva. Mobili, vasellame, immagini religiose, abiti, botticelle di vino, qualche maialino da latte divennero proprietà dei presenti, finché al vecchio non restò altro patrimonio che un piccolo cofano, modesto gioiello della lavorazione salmantina del cuoio, che continuava a tenersi sul ventre, stringendolo forte come per proteggerlo dagli sguardi avidi.

Quando lo aprirono, gli eredi si sentirono delusi. Dentro non c'era neppure un gioiello, neppure un doblone, neppure un pezzo di metallo prezioso, neppure un filo di perle. Solo un fascio di fogli ingialliti, che si sbriciolavano a forza di essere maneggiati e letti, scritti in caratteri molto tozzi. Erano undici dei cinquantadue fogli che formavano la *Lettera stranissima*, missiva inviata dal Grande Ammiraglio del Mare Oceano alle loro Maestà di Spagna il 7 luglio 1503.

Come è universalmente noto, la *Lettera stranissima* fu così chiamata a causa di due particolari in essa riferiti. Il primo è la confessione di un terribile sogno, popolato di visioni apocalittiche, che aveva tormentato il Grande Ammiraglio nei peggiori momenti del suo quarto viaggio nelle Indie e di tutta la sua esistenza. Il secondo è una frase, «Il mondo è piccolo», difficilmente comprensibile in un marinaio che aveva vissuto sfidando le avversità e rinnegando l'orizzonte come fine dell'impresa umana.

Tale affermazione, «il mondo è piccolo», colmò di sconforto la curia, la corte spagnola, i banchieri inglesi, i lettori e gli scrivani del periodo, che decisero di omettere le fondamenta dell'opinione del Grande Ammiraglio. L'omissione fu compiuta grazie alla scomparsa di ventisei fogli della *Lettera stranissima*. Secondo gli storici, o andarono misteriosamente perduti durante la traversata, o furono lanciati fuori bordo da un parente del marinaio Rodrigo de Triana. Comunque sia, il fatto è che undici di quei documenti finirono nelle mani dell'Umanista attraverso vie che ignoriamo.

Ciò che invece sappiamo è che in quegli undici fogli il

Grande Ammiraglio descrive, con un linguaggio vicino all'eresia, l'esistenza di un luogo che conobbe solo per sentito dire e che poi chiamò Mococomor, Mojojomol e Mocojotón. In seguito, Juan de Cáceres, membro di una spedizione di Cortés, ci parlerà in tutti i dettagli di Moxoxomoc nel suo *Tenebrosus Egressus*, prolissa e soporifera cronaca scritta pochi mesi prima che gli aztechi gli squarciassero il petto sull'altare dei sacrifici.

Siamo debitori della descrizione di Moxoxomoc, riportata in quegli undici fogli manoscritti, alla buona memoria di Ruy Per de Sepúlveda, che contava tredici anni quando il suo prozio, Juan Ginés, l'Umanista, li lesse davanti a un uditorio di avidi delusi. Ruy Per de Sepúlveda conservò la narrazione nella sua memoria, ma forse molti dettagli preziosi si persero nel lento scorrere del tempo, o furono arbitrariamente alterati. Quest'ultimo fatto non deve farci inquietare né spingerci a condannare il memorizzatore. Sappiamo che la narrazione orale è la madre della letteratura, perché crea e ricrea continuamente le situazioni a seconda dello stato d'animo e della convenienza del narratore. Inoltre, dobbiamo dire che fra i discendenti di Ruy Per de Sepúlveda non si annovera alcun uomo di lettere o dotato di interessi storici fino a tre secoli dopo. I discendenti di Ruy Per de Sepúlveda si dedicarono alla narrazione di quegli undici fogli come passatempo durante le notti di eclissi lunare, come buffonata per guadagnarsi un bicchiere di vino nelle taverne, o come trama per burattinai. Ma con tutto ciò, e nonostante tutto, essa è riuscita ad arrivare fino a noi.

Secondo i Sepúlveda, il Grande Ammiraglio situava la città di Moxoxomoc in qualche punto sull'attuale frontiera tra il Messico e l'Honduras. La città, se così si può definire, era composta da due enormi edifici rettangolari, molto alti, di pietra finemente lavorata e ornata con rilievi che rappresentavano figure umane nei più diversi atteggiamenti – non è quindi strano che l'illustre marinaio parlasse di mostri – ed entrambe le costruzioni s'innalzavano su un arido suolo di ghiaia.

È difficile, tra l'altro, non notare gli innocenti dettagli con cui i Sepúlveda pian piano abbellirono la narrazione. Per inciso, se ci atteniamo alla *Rassegna di tesori facili da rinvenire* di Alonso de Sepúlveda, coniatore di monete nel Vicereame della Plata, Moxoxomoc non sarebbe altro che la favolosa Città Perduta dei Cesari, ma tutto ciò è solo un'irresponsabile congettura.

Quando diciamo che la città era formata da due grandi edifici, non dobbiamo pensare né a fortezze militari, né ad abitazioni collettive. I due palazzi s'innalzavano esattamente di fronte, seguendo la linea della traiettoria solare. Erano separati da un centinaio di iarde, ed entrambi avevano le porte d'ingresso verso ponente e quelle d'uscita a oriente. Ogni edificio aveva solo due porte, una d'entrata e una d'uscita, e gli interni erano stati disegnati a forma di labirinto. Corridoi stretti e diritti conducevano, deviando più volte, alla porta d'uscita. Le pareti dei corridoi mostravano, sul lato sinistro, scaffali che arrivavano fino al soffitto, colmi di codici redatti nella scrittura maya, e piccole panche di pietra.

L'architettura di questi edifici non deve stupirci. Si suppone che la voce Moxoxomoc appartenga al dialetto uaxactum, e gli uaxactum dominavano l'analisi matematica cinque secoli prima della nostra era. C'è anche chi sostiene che Moxoxomoc appartenga al dialetto zotzil – fra di loro Yuri Knorozov –, ma questo non inficia quanto detto.

Se ci atteniamo alle descrizioni del Grande Ammiraglio, entrambi gli edifici formavano una strana biblioteca. Nel primo entravano, quando compivano cinque anni, i discendenti della casta dei saggi e non lo abbandonavano finché non giungevano all'uscita del labirinto, trent'anni dopo. Giorno dopo giorno, anno dopo anno, si dedicavano a imparare. Prima leggevano i codici, poi li interpretavano e li discutevano, e tornavano a interpretarli e a discuterli fino a dominare ogni segreto delle arti, delle scienze, della creazione e delle origini. Al termine, erano in possesso di una tale saggezza da riuscire a guidare i sogni, l'unica impresa che gli uomini non hanno mai osato intraprendere.

Quando uscivano dall'edificio, pallidi come la pietra, quasi trasparenti, incerti se camminare o levitare, erano acclamati per sette giorni sulla spianata che separava le costruzioni. Venivano salutati come «coloro che non hanno bisogno di parlare, perché possiedono tutte le domande e conoscono tutte le risposte». Erano l'oggetto dei festeggiamenti: in loro onore venivano sacrificate fanciulle e schiavi, ma i giovani restavano assenti. La loro unica partecipazione consisteva nel congiungersi con le vergini scelte per continuare la casta dei saggi.

L'ottavo giorno entravano nel secondo edificio, la nuova clausura che sarebbe durata altri trent'anni, durante i quali avrebbero percorso il labirinto, stavolta delineando le loro idee e riflessioni, le loro nuove domande e nuove risposte, su lamine vegetali, con tale disciplina e rigore che, una volta concluso il ciclo dei sessant'anni, la biblioteca del primo edificio avrebbe visto duplicarsi la sua ricchezza.

Gli illuminati ripagavano la luce con nuovi lumi.

Fuori uccidevano e morivano. Folle di persone lasciavano le viscere sugli altari dei sacrifici. Gli dei vendevano sempre più cari i loro favori, e a sessantacinque anni gli illuminati, adorni dello sfarzo dei saggi, cioè completamente nudi, abbandonavano l'ultima porta del secondo edificio per andarsene con l'inutile solitudine della saggezza.

Che cosa accadde a questa favolosa città-università-biblioteca? Lo ignoriamo, e probabilmente non lo sapremo mai. Forse non è altro che il frutto dell'affabulazione dei Sepúlveda, a torto attribuita alla penna del Grande Ammiraglio. Ignoriamo anche la sorte degli undici fogli visti per l'ultima volta nelle tremanti mani dell'Umanista. Quello

che invece sappiamo con certezza è che Ruy Per de Sepúlveda trasmise la cronaca ai suoi discendenti e questi, a loro
volta, la tramandarono in locande, tuguri e luoghi di sosta
lungo il cammino.

Ruy Per de Sepúlveda fu lo zimbello di Siviglia fino al
giorno della sua morte, ma oggi, mentre scrivo con la visio-
ne di Moxoxomoc, per qualche strano disegno, ancora fre-
sca nella memoria, non posso evitare un brivido pensando
al Grande Ammiraglio che redige febbricitante gli scritti
della sua disgrazia, e a Juan Ginés de Sepúlveda che li con-
serva senza sapere bene perché o per chi. Forse l'Umanista
aveva intuito che i saggi di quella città imprecisata anticipa-
vano l'inutilità del sapere che oggi ci tormenta. Mi colma
d'emozione pensare al primo relatore, scomparso per sempre sotto il peso dei secoli.

Qualche membro della spedizione di Cortés sarà penetra-
to in quei labirinti? Da solo o con molti altri? E poi? Sono
tornati nel vecchio mondo per creare società segrete? E in
tal caso, sono riusciti in seguito a sopravvivere all'Inquisi-
zione?

Da dove viene il rifiuto del potere da parte di coloro che
sanno, di coloro che vivono nell'oscurità, ma dai quali raccogliamo con orrore il frutto delle loro conoscenze?

Forse tutti i dubbi che pone questa relazione sono già
stati risolti e riformulati migliaia di volte nei bianchi labirinti di Moxoxomoc.

IV
UN'ALTRA PORTA DEL CIELO

UN'ALTRA PORTA DEL CIELO

«Ma che importano i postumi della sbronza se sotto c'è qualcosa di caldo, che devono essere le *empanadas*, e sopra qualcos'altro ancora più caldo, un cuore che ripete fottuti, fottuti, fottutissimi, insostituibili fottuti, porca puttana...»

Julio Cortázar

Parigi. Non so. Penso che in queste stesse strade, forse guardando anche le stesse finestre e sentendo lo stesso calduccio del fumo del tabacco nello stomaco... non so. Parlo dell'Orco, è chiaro. E mentre lo faccio sto pensando alla mia stanza da lavoro. Fuori è ancora inverno. Ho una luce gradevole, sul tavolo il pacchetto delle sigarette aperto e accattivante, eppure cammino per queste strade che, ne sono certo, l'Orco ha percorso con le mani in tasca, giocando col vento in modo che facesse svolazzare i risvolti dell'impermeabile e ci conferisse un'aria da uccelli smarriti.

Scopro anche molte cose. Non so. Forse sarà perché nei casellari del mondo vengo ancora incluso nella categoria degli uomini giovani. Questo modo di camminare con la sigaretta in bocca, dando tiratine corte, dimenticandone la presenza, l'ho imparato da Heinrich Böll, il buon vecchio di Colonia, e mi piace proprio come mi piace camminare per Parigi a quest'ora di sera.

E soprattutto mi piace sentire che non dimentico l'Orco.

Cammino e parlo. Cammino per Parigi e parlo con i miei amici di Madrid, seduto nella mia stanza amburghese. Ha ragione Onetti: bisogna rinunciare ai territori fisici e abitare il territorio dell'immaginazione.

In queste pagine è il dodici febbraio e, visto che rimarranno dimenticate nel mio taccuino, in esse sarà sempre il dodici febbraio.

Inverno in Europa. Se ora io faccio il nome dell'Orco, lei penserà che si tratta di un trucco da quattro soldi per attirare la sua attenzione. D'altro canto, se ha letto che «È il Dodici Febbraio», è possibile (e io lo desidero ardentemente) che lei abbia afferrato questa prima chiave. In tal caso lei ricorderà e farà una smorfia, spalancando involontariamente gli occhi in modo che le sopracciglia si sollevino e poi tornino a scendere con una maestria degna di Marcel Marceau. Se, dopo tutto, lei continua a leggere, sentirò che mi ha appena propinato due amichevoli pacche sulla spalla e allora potrò continuare a parlare e a scrivere.

Si rende conto con quale libertà possiamo capirci? Se ha voglia di bersi un cognac, di accendere una sigaretta di tabacco nero e di mettersi comodo come un gatto nel suo posto preferito, faccia pure. Lei e io stiamo esercitando la funzione magica della letteratura.

Non potrei parlare dell'Orco se non fossi sicuro che lei esiste e che è mio complice.

Parigi. Come dire? Periodi brevi, è chiaro. Al massimo un paio di settimane, e da quando questi francesi si sono messi a fare i duri con i visti, solo qualche ora mentre aspetto la coincidenza ferroviaria che dovrà portarmi a Madrid, o di ritorno sulle rive dell'Elba. In generale, viaggio con poco bagaglio, così posso andare a piedi dalla Gare du Nord alla Gare d'Austerlitz, evitando la linea cinque della metropolitana che nelle ore di grande affluenza ha un odore indescrivibile.

Parigi. Non so. Mi piace perché vivo la presenza di altri. Abito con e nel ricordo di altri che ho amato, che amo.

Non sono ancora giunto a conoscerla nell'intensità della lingua e del sangue, anche se una volta ho lasciato una piccola parte di me in una vecchia casa del Boulevard des Batignoles ed è finita a botte con uno yankee, ex campione dei pesi medi. Non so. Come dire? All'epoca non ero io, quello di adesso. Ero l'ombra di Hemingway che girava le strade

192

in cerca di porri e dei trucioli della matita del maestro. Parigi. Ora mi viene in mente che ho seri problemi con i cessi parigini. Quando ero molto giovane mi sono fratturato una gamba giocando a botta e risposta con dei poliziotti, e da allora sono assolutamente negato per il genere di ginnastica che esige la cultura sanitaria francese. Ma basta con le divagazioni. Lei vuole che le parli in un linguaggio da scrittore di racconti e abbiamo già iniziato dicendo che «È il Dodici Febbraio».

Dovevo aspettare otto ore per la coincidenza con il treno spagnolo, e come sempre decisi di camminare per sognare il tempo. Una giornata orrenda. Freddo e pioggia. Quella pioggia senza vento, decisamente verticale, che in pochi minuti ti ammolla fino alle ossa e che mi faceva sentire un privilegiato, protetto dal mio impermeabile. Mi dica se non si dovrebbe dare il premio Nobel all'inventore di quella tela gommata che ci isola tra la fodera e la stoffa.

In un momento di distrazione infilai i piedi in una pozzanghera e quando mi accorsi che i calzini di lana si erano inzuppati d'acqua, decisi di infilarmi in un piccolo caffè fiocamente illuminato. Appesi l'impermeabile accanto al riscaldamento e ordinai un cognac doppio. Non era male il posto. Pochi clienti leggevano il giornale nell'edizione del pomeriggio e da una radio uscivano a basso volume le note di un concerto per flauto. Mozart, il cognac che mi scendeva lento nella gola e la sensazione che i calzini si stavano asciugando. Proprio allora li sentii parlare alle mie spalle.

Erano loro. Senza alcun dubbio, erano loro. Non potevo vederli, ma non importava, dato che non li avevo mai visti prima. Anzi, credo che solo l'Orco conoscesse con precisione le loro fisionomie. Ma erano loro, come posso spiegarle? È il caso, in fondo. Borges dice che sappiamo molto poco sulle leggi che reggono il caso, ed è vero. Erano loro.

Non volli voltarmi per vederli in faccia. Non mi lasciai vincere nemmeno dalla tentazione di rivolgere loro la parola. Non so. Intuivo che era inutile. Senza essere credente, conosco quel territorio che chiamano limbo, solo che non avrei mai detto avesse l'aspetto di un caffè poco illuminato sulla salita per Montparnasse. Erano loro e parlavano argentino.

«Porca miseria», diceva quello che dalla voce mi parve essere il più vecchio. «Ci troviamo nella bancarotta più spaventosa e lei spende le ultime risorse per comprare il giornale.»

«Bisogna tenersi informati», replicò quello che sembrava più giovane. «La stampa è il ponte che ci collega al mondo civile. È la mano che modella l'insieme delle nostre future opinioni. Il quarto potere. E poi, l'ho comprato perché c'è il programma ippico. Fortunato corre nella settima.»

«E a che diavolo ci serve sapere che Fortunato corre nella settima se non abbiamo neppure un soldo da buttargli sopra? Prima o poi quel cavallo vince e allora ci staremo male il doppio. Porca miseria.»

«Come si vede che lei ignora il potere della stampa, amico. Se siamo ben informati possiamo andare vicino all'ippodromo, cercare qualcuno con la faccia indecisa e poi, lo sa, 'Buonasera. Scusi se la disturbiamo, ma il fatto è che abbiamo avuto un piccolo inconveniente finanziario che ci impedisce di scommettere sul cavallo che vincerà la settima. Siamo cugini della moglie del cavallo, volevo dire della moglie del fantino, e abbiamo pensato che, in cambio di una piccola percentuale sui guadagni, potremmo dividere il segreto con lei...' Afferra il concetto? Capisce ora perché mi piace essere sempre ben informato?»

«Dio mio! Quanto ottimismo! Potrebbe dirmi con che diavolo pagheremo l'ingresso all'ippodromo? E un'altra domanda senza importanza, vuole che ci andiamo a piedi sotto questo diluvio?»

«Be', a Saint-Denis c'è un cancello che dandogli un calcio funziona, mi ha detto stamattina un haitiano.»

«Dio mio!»

«Da quando è diventato così mistico, amico?»

«Come mi fanno pena i derelitti. Conosce quella poesia? Dopo che il maestro ci ha lasciato, siamo rimasti così al verde.»

«Certo. Prima non ci mancava nulla. E aveva sempre una bottiglia di grappa a portata di mano. Da quanto tempo non mandiamo giù un grappino? Lei crede che sarà andato in cielo?»

«Non dica stupidaggini. Il mio misticismo non arriva a tanto. La teologia della disperazione ha i suoi limiti.»

Il cameriere li interruppe. Con un'espressione animalesca, sicuramente appresa nella Legione Straniera, si piantò davanti a loro deciso a non muoversi di un capello finché non avessero ordinato qualcosa.

«Un caffè», disse il più vecchio.

«Per il momento io prendo solo un bicchier d'acqua. Ho fatto un pranzo estremamente pesante, sa?»

Il cameriere si allontanò brontolando. Io volevo voltarmi e offrire loro un paio di bicchierini, qualunque cosa, ma una sensazione più forte del pudore mi inchiodò alla sedia, e me ne rallegrai. Dopo tutto, conosco le difficoltà economiche che li hanno sempre caratterizzati, l'Orco ha parlato molto dell'argomento, e per di più tipi come loro se la cavano sempre.

«Avremmo potuto ordinare due caffè e due croissant.»

«E un'anatra all'arancia, perché no? Temo di doverle fare un rapido inventario dei beni. Io ho tre franchi e cinquanta, un biglietto della metropolitana che dubito venga accettato dalla macchina perché è fradicio, e sette sigarette. Lei, amico, ha il suo dannato giornale, i fiammiferi e la chiave della stanza.»

«Tempi di crisi. Ha notato la faccia d'asino del cameriere? Cosa voleva quel figlio di puttana? Che ordinassi un fagiano arrosto?»

«Quanto ci daranno per i libri?»

«Vendere i libri? Ma sono l'unico ricordo che abbiamo.»

«Ha dei pregiudizi? Lei si è fregato due corone il giorno del funerale.»

«Alt! Piano con le accuse ingiuste. Certo che ho fregato due corone. Ma l'ho fatto pensando che a lui sarebbe piaciuto. Che meraviglia di racconto ne avrebbe tratto. Non dimentichi che lei mi ha aiutato a vendere i garofani la sera.»

«È vero. Presento le mie scuse. Siamo, per così dire, coinvolti entrambi.»

«Senta qui. Fortunato è arrivato quarto la settimana scorsa e terzo quella precedente. I pronostici dicono che, correndo su terreno bagnato, ha tutte le migliori chance. Fortunato, figlio di Walkiria e di Lord Jim. Con questi precedenti il cavallo va sicuro. Che peccato.»

«Sì. Che peccato. È meglio che andiamo all'officina di Gilles per sfogare il dolore. Una volta o l'altra lo becchiamo che cucina spaghetti e per colpa della pioggia ci vedremo obbligati a rimanere...»

Quello che sembrava più giovane si alzò in piedi, dichiarando che andava a meditare un po' in bagno. Lo vidi di spalle, media statura, con indosso un cappotto a quadri di almeno tre taglie più grande della sua. Sentii che l'altro si dirigeva verso un tavolo vicino e chiedeva da accendere. Era il momento giusto. Avevo in mano un biglietto da cento franchi che avevo adeguatamente piegato in quattro mentre loro filosofavano. In fretta e furia mi girai, allungai il braccio e infilai la banconota fra le pagine del giornale. Tornai nella mia posizione.

Il più giovane arrivò dal bagno abbottonandosi il cappotto. Non volevo vederli in faccia, non ancora, di modo che, quando l'uomo mi passò accanto, finsi di allacciarmi una scarpa.

«Allora? Ci ha pensato? L'attira la possibilità di spaghetti da Gilles?»

«Che altro ci resta. Fortunato. Fortunato. Perché doveva succedere in questo periodo di vacche magre? Guardi, lasci che le ripeta la biografia dell'asino...»

«Su. Che c'è? È diventato bianco come un cencio.»

«Amico... lei crede ai miracoli? .»

«La smetta di dire sciocchezze. Le ripeto che il mio misticismo...»

Il silenzio dei due uomini mi fece capire che avevano scoperto la banconota.

«L'ha trovata in bagno?»

«Non parli così forte. No. Qui. Proprio adesso.»

«Deve essere del vecchio dell'edicola.»

«Impossibile. Mi sono letto tutto il giornale, pagina per pagina. L'avrei vista. È un miracolo!»

«Io gliel'avevo detto che dovevamo mettere qualche candelina al defunto.»

«Un cero gigante da cattedrale gli metteremo! Un cero gigante da cattedrale ornato da candeline di compleanno! Ordiniamo qualcosa, mi tremano i denti dalla voglia di mordere.»

«Qui no. Questo posto è di infima categoria. Mi lasci fare i conti. Nel bistrò di Paul, una bistecca con patatine fritte costa ventiquattro franchi. Una bottiglia di vino normale, venti. Con le tasse e tutto fa ottanta. Ce ne restano venti per andarcene all'ippodromo e lungo la strada rifornirci di sigarette.»

«Cosa aspettiamo allora?»

Uscirono in fretta. Il più vecchio gettò alcune monete sul tavolo e in un francese stentato disse al cameriere di tenersi il resto per le vacanze. In quel momento mi venne in mente una certa frase di Umberto Eco che parla del diritto di immischiarsi, e decisi che quei due erano anche miei ed era giusto sapessero che, pur non essendoci mai visti, eravamo ugualmente vecchi conoscenti. Avevo tempo, e se anche non l'avessi avuto, che importava. Era la migliore opportunità possibile per conoscere l'ippodromo di Parigi in compagnia di esperti e poi per far baldoria alla grande alla salute dell'Orco.

Pagai il conto, mi misi l'impermeabile e uscii per strada. Pioveva ancora e riuscii a scorgerli nel momento in cui giravano l'angolo. «Polanco! Calac!» mi sentii gridare mentre correvo per raggiungerli.

Quando arrivai all'angolo, trovai solo la strada deserta, stranamente illuminata dal selciato umido. Nessuna traccia dei due uomini, forse ingoiati da chissà quale altra porta segreta del cielo.

INDICE

IV. UN'ALTRA PORTA DEL CIELO

Finito di stampare
nel mese di settembre 1998
per conto della Ugo Guanda S.p.A.
dalla Arnoldo Mondadori Editore S.p.A.
Stabilimento N.S.M. - Cles (TN)
Printed in Italy